好潮的夢　自序

有的人，極少數的人，相遇之後，便會有刻骨的相思。

有的書，為數不多的書，讀過之後，便會有銘心的想念。

張潮的《幽夢影》，對許多人來說，就是這樣一本銘心的書。因為它新鮮、趣味、別致，有著對於生活層出不窮的發現。張潮用那樣簡短精練的文字，帶領我們去看這個真實的世界，而經過他的點化，日常的風雨流泉，花月蝴蝶，山水松竹，都凝注了我們的眼光，讓我們驚歎，這就是我們生活的世界嗎？原來這麼美。

不僅是美的發現者，張潮的熱血湧動在字裡行間，他對書酒棋墨的耽溺，對才子美人的疼惜，對如何做一個知己朋友，如何看待世道人心的常與變，都有很深的思索。他的《幽夢影》有清明的反省，也有一種路見不平的俠氣。

「胸中小不平，可以酒消之。世間大不平，非劍不能消也。」

彷彿看見張潮在月光下，一手擎著酒杯，一手把住劍，寒森森的劍氣閃亮著他的眼眸，蓄勢待發。一旁的筆墨則以溫潤的光澤與香氣呼喚他，最終，他擱下劍，拾起了筆，帶著我們進入這樣一場幽夢中。

張潮，這個造夢人，生於清代初年，乃是書香世家子弟，八股科舉原是他的宿命，然而十三歲那年，他識得了詩，從此開啟了文學藝術的性靈生活，再也無法皈依於功名利祿。在他另闢生活方式與創作道途時，也就塗改了原本可以順遂風光的生命藍圖，註定要飽受許多挫折和阻難，但他相信自己就是心靈的歸屬，因此自號「心齋」。

張潮從年輕時便坎坷多磨難，到了五十歲還遭逢鋃鐺入獄的厄運，更令他寒徹心扉的是，有些曾經受他恩惠的人，竟藉此機會落井下石，該有多少的怨憤不平啊。但是，他的心是一個廣闊深奧的容器，能淬鍊出最純粹的美感覺知與生命智慧。非常節制而從容的，一句一句，一小段一小段的，寫下了被稱為書中尤物的《幽夢影》。也讓飄流的心，一步一步的，走回了安居的所在。

我們的古代經典，並不都是長篇累牘，沉重難解的，也有輕快如一支圓舞曲的語錄體。當這部作品完成，文人雅士爭相傳誦，忍不住為之作評和推薦，留下了許多短小而雋永的對話，竟與網路時代的今日做出奇妙的對照。臉書或是微博，只是媒介的更新，在形式與意義上，原來與古人並無二致。

自從2000年與麥田出版社合作，古典文學的翻新工程已經持續了十四年，有些讀者稱我為「穿越達人」。穿越，是多麼重要的能力，我們穿越到以前，觀看著古人的喜悅和辛酸，看著他們如何堅持不放棄，哪怕全世界都背過身去，他們也能對自己微笑，拈起灰燼中的一朵花。於是發現，我們自己的創傷似乎也被溫柔療癒了。

有時我也會懷疑自己的「穿越」，究竟有沒有意義？這時候，我願意聽張潮的說法：「創新庵不若修古廟，讀生書不若溫舊業。」

每次我的「穿越」，都必須認真仔細的溫習讀過的書，也像攪動著一條歲月的無聲之河。那條無聲的河，其實很洶湧。無可奈何花落去，它帶走許多捨不得的東西；似曾相識燕歸來，它也帶來意想不到的重逢。曾經不能理解，或輕忽略過的情境，再度跳躍起來，我伸出手迅捷的捕捉住，那些瑩瑩閃亮的，以生命去印證的瞬間和領悟。

人生原本多酷暑之焦躁，就連張潮這樣才情兼備，對世界深情款款又超脫瀟灑的人，也難免燒灼苦惱，於是，他造了一個夢，投射了一個影，讓我們可以踏入一片幽涼之地。

端午前的某一天，行車在擁擠街道上，沉甸甸的煩惱壓在心頭，使我的呼吸急促。紅燈亮起，車速變慢，而後停下來。我無奈的將頭轉向窗外，人行道上有一株盛放的重瓣孤挺花，吸引了我的目光。

那是在一家機車修理店前，許多盆栽植物隨意的堆放著，陰暗的店裡，充滿油污與拆卸的零件，兩三個修車師傅穿梭其間，沒有人望向那株花。路上行人來來去去，沒有人注意那朵花，而它就這樣幽幽靜靜的，孤芳自賞的盛放著。粉紅鑲桃紅邊框的花瓣，重重疊疊，像是蘭花與蓮花的結合，如此脆弱又如此堅強，就像是開在夢裡，有一點隔絕的疏離，卻又是無比真實的存在。

將近一分鐘的靜止，我的生命為一朵花而停頓，張潮的聲音輕輕響起：「花不可見其落，月不可見其沉。」讓我們耽美一下，就這麼一下吧。雖然明明知道，花開必有落，月昇必有沉，但，在這幽涼的夢境裡，就讓這一刻成為永恆吧。

與唐詩宋詞比起來，張潮的《幽夢影》或許不是那麼家喻戶曉，卻是此時此刻，我最銘心的一部作品。因為它反映了動盪不安的狀態中，該如何安頓身心；該如何與世界契合？幽涼之地，將來有一天，我們得自己去發現、去創造。

當這一天還未抵達，我們就跟著張潮，這個造夢人，去當個夢行者吧。

目次

喚醒我們的感官，
聆聽並且感覺，
世界存在的方式。

雨聲、風聲，與心跳的協奏。

聽，最先甦醒的心

最先甦醒，最遲長眠的聽覺，是我們對這世界的不捨依戀。

春聽鳥聲，夏聽蟬聲，秋聽蟲聲，冬聽雪聲。白晝聽棋聲，月下聽簫聲，山中聽松聲，水際聽欸乃聲，方不虛生此耳。若惡少斥辱，悍妻詬誶，真不若耳聾也。

春天聽著鳥的鳴叫，夏日聽見蟬的聒噪，秋季聽見蟲聲唧唧，隆冬則諦聽雪花飄落的聲音。白晝裡聽人下棋，在月下聽見簫聲，在山中聆聽風入松的吟嘯，在水邊聽見撐船時的欸乃之聲，這些風雅的聲音，何等悅耳動聽，不禁禮讚生有雙耳，沒有白費啊。若是被惡劣的少年羞辱斥罵，或是被兇悍的妻子嘮叨數落，真恨不得耳聾才好。

我常常看見許多年輕人，走路掛著耳機；搭車掛著耳機；上課也掛著耳機；在家裡掛著耳機；出門也掛著耳機。一個人的時候掛著耳機；一群人也掛著耳機，擺明了只聽自己想聽的聲音，其他的一概不想聽，似乎也不關心。

每當這種時候，我總在想，這些人應該是聽覺的自閉吧？

有一次，在尼加拉大瀑布的旅途中，我問一個始終戴著耳機的少年：「你不想聽聽看這種撼天動地的聲音嗎？」

尼加拉大瀑布吸引著全世界的人前來朝聖，正是因為自然景觀的浩大，震動人心，轟隆隆的水聲令人屏息，似乎要把一切都捲進去，這聲響巨大的呼喊著，連我們的身體都起了共鳴。這樣的景象與聲響，必須身歷其境才能完全體會，既然已經到了這裡，卻用耳機把自己與外界隔絕，不是很可惜嗎？

他簡單的回答我：「我知道很偉大，我看見了。」

看見了只是視覺，只是人類多種感官裡的一種，聽覺難道不重要嗎？聽覺有著這麼強大的暗示性，又總是我們最先甦醒的感官，怎麼忍心捨棄它？在我們從沉沉的睡眠中醒來時，聽覺是最先接收世界動靜，讓我們與現實鏈接的那一點。造物者的安排，顯然具有深意，只是我們還沒能體會而已。

又有一種說法，在我們生命終結後，留存最長久的就是聽覺，因此，有些人主張親人過世要誦經八小時，讓他的聽覺引領他走向極樂世界。

最先甦醒，最遲長眠的聽覺，是我們對這世界的不捨依戀。

張潮認為長久聆聽而不致生厭的，是最自然而純樸的聲音：春日裡歡快的鳥鳴；夏季時悠長的蟬唱；秋夜帶著涼意的蟲唧；冬天沉靜的落雪覆蓋大地。

白天裡聽人下棋，何等愜意；夜來聽人吹簫，何等幽情；或是住宿在山林之間，聽見風吹過松樹的聲音；臨水靜聽，擺渡人划槳掄起的水聲，才真正覺得生有一雙耳朵，靈敏的聽覺，一點也沒有枉費。

「不虛生此耳」，讓我想起「不虛此生耳」這句話。

「聽」，這個字裡有一顆心，是一種記憶，也是一種領會。常常，我們會聽見的，正是我們留了心，會在意的。

也因此，凡是我們在意的，也就留了心，對方的言語變得很重要，一句鼓勵和讚美，能使我們得到救贖；一句批評和否定，也會讓我們感受創傷。「是非終日有，不聽自然無。」我們用這樣的話開解別人，卻發現自己也困在語言中，情緒被干擾，士氣受打擊。仔細想想，那些負面的聲音來自於我們重視的人，這才是真正傷感情的事。

那些負面的言語和聲音，也許來自於愛或是期待，但是，當傷害已經造成，如何還能感覺愛與期待呢？

有一次，小學堂來了一個反應敏捷又調皮的小男生，他有一雙很機靈的眼睛，當我叫他的名字，他說：「老師！妳可以叫我笨蛋喔！」

「為什麼要叫你笨蛋？你很聰明。」

「我很笨啊！學校老師和同學都叫我笨蛋。」他笑嘻嘻的說。
「我小的時候，功課不好，也有老師覺得我很笨。你覺得我是笨蛋嗎？」
他定定的看了我片刻：「妳是有腦袋的女人。」
被一個小學三年級的男生如此評價，一時之間真不知該說什麼。
「你看得出我有腦袋，就表示你很聰明啊。」
「但妳還是可以叫我笨蛋！」他很堅持。
「我一定不會叫你笨蛋的。」我也有我的堅持。
我相信言語或是稱謂也有點催眠作用，不管別的老師和同學怎麼看待他，怎麼評斷他，在我的教室裡，沒有任何人會這樣叫他。
每一天，我們得經過多少聲音，切開一層又一層聲音的膜向前走，那麼多那麼繁雜的聲音，怎麼沒有把我們搞得精神失常？因為絕大多數的聲音，我們其實是聽不見的，正是因為聽不見，才能獲得保護。而當我們聽見不舒服的刺耳響聲，或是流言蜚語，首先被擾亂了的，不就是我們的心？

耳朵是強大的，脆弱的是心。

雖然，在城市生活中難免有太多的噪音擾人清淨，但也不必全然隔絕，聽些純樸悅耳的天籟，讓我們從煩瑣粗糙的現實中脫離，就像沐浴在清涼的微風中，漸漸也能學會無動於衷，心平氣和。

感謝我們能夠聆聽，更要感謝那些停留在心上的好聲音。

潮語錄

關於 | 相片 | 朋友 | 更多

張潮曰：莊周夢為蝴蝶，莊周之幸也。蝴蝶夢為莊周，蝴蝶之不幸也。

黃九烟曰：惟莊周乃能夢為蝴蝶，惟蝴蝶乃能夢為莊周耳。若世之擾擾紅塵者，其能有此等夢乎？

張竹坡曰：我何不幸而為蝴蝶之夢者？

分享　1907 個人都說讚

黃九烟，明末清初的進士，改朝換代後過著隱居生活，詩書畫俱佳，賣文為生。他四季都穿粗布衣，戴著素色的帽子。寫過這樣兩句詩：「借問阿誰堪作伴？美人才子與神仙。」活到七十歲，覺得很不耐煩，寫了〈解蛻吟〉十章，又賦〈絕命詩〉十首，原本希望大醉而死，未能如願，最終自沉而亡。

雖然會是張潮的臉書朋友，但喝醉或不耐煩的時候，肯定是要潛水的，連讚都懶得按。

張竹坡，六歲能寫詩，考科舉卻屢試不中，遇見《金瓶梅》一讀成癡，推崇備至，窮畢生之力，評點這部被他稱為「第一奇書」的情色小說。他為《金瓶梅》開創了一〇八種讀法，為的是「不辜負作者千秋苦心哉」。據說他每次評寫便不吃不睡，如陷狂症中。他評點完成的《金瓶梅》還由張潮化名謝頤為之作序，張潮的《幽夢影》評語亦時時可見張竹坡的身影笑語。他們曾結拜為叔侄，竹坡在評語中有時稱張潮為「叔」。

若是生在現代，他們肯定在臉書上為彼此按讚，互為鐵粉。

張竹坡只活了二十九歲。

一點與眾不同

雖然捨棄了喜愛的事物，卻能夠保持完整的自己，不是很好的事嗎？

松下聽琴，月下聽簫，澗邊聽瀑布，山中聽梵唄，覺耳中別有不同。

松樹下聽琴音，月光下聽簫聲，溪澗邊聽飛瀑，深山中聽偈頌，聽見的聲音是如此與眾不同。

張潮所注重的聆賞，其實不只是聽覺，而是一種意境。

他追求的是聲音與周遭環境的巧妙搭配，像是在象徵著隱士的松樹下，聽人彈琴；在清亮如緞的月光下，聽人吹簫，雖然未表露出彈琴與吹簫的是什麼人，卻已經可以感受到風雅的情致。

至於在山澗旁聽瀑布的聲音，潺涓與激昂交錯，更是水的交響樂，層次分明。

據說佛陀曾宣揚「唄」有五種好處，像是「身體不疲、不忘所憶、心不疲勞、聲音不壞、語言易解」，都是人們期望擁有的吧。而所謂的「梵唄」，是佛教經文清淨的念誦。

充滿節奏感的經誦，在幽靜的深山中，穿透成千上萬的樹木，抵達我們的雙耳，使我們感受到不疲、不忘亦不壞的美妙，確實是非比尋常。

曾經，有過那樣一次經驗，我夜宿山中。那是在島嶼的東邊，為了製作廣播節目，特別帶著性能良好的錄音機，搭長長的火車，到達美麗潔淨的海岸。

約莫是在二十年前，好不容易實現夢想，得到了一個深夜節目的時段，非常興奮。我是自小聽廣播長大的，在電晶體收音機的年代，床頭櫃上的木製收音機有一粒小紅燈，總在夜裡亮著。我聆聽著廣播劇；聽著電台現場演唱；聽著球類比賽的轉播，想像著有那麼好聽的聲音的播音員，是不是也長得那麼好看？

我想像著，將來長大以後，我也要成為一個播音員。

後來我成為作家，成為大學老師，竟然有機會主持一個深夜的廣播節目，走進憧憬的錄音間，在一排排的唱片櫃裡挑選著要播放的歌曲。這種美夢成真的感覺，令我有些暈眩。我看著面前的麥克風，戴上黑色的耳機，環顧周圍牆面的吸音棉，開啟或關閉厚重的隔音門。每一個畫面與動作，都那麼珍貴，只怕一眨眼就醒過來，發覺一切都只是夢。

我在節目裡朗讀聽眾的來信，有個女孩告訴我，她總要躲在宿舍樓梯間的某個位置偷聽廣播，因為我的節目是深夜播出的，樓梯間才能聽得清楚，她得等到宿舍熄燈，舍監查房之後，偷偷溜出來，在那一個小時裡，只有我陪伴著她。我了解這種陪伴的重要，覺得自己做的事是有意義的。

我為每一集節目安排豐富的內容，還邀請幾個大學生當企劃夥伴，讓他們挑選年輕人喜愛的歌曲；我訪問了黃春明、蕭言中、簡媜、劉墉，以及後來編寫了《臥虎藏龍》與《色戒》的編劇王蕙玲。當我投入而熱烈

的為這個深夜節目打造出獨特的模樣與氛圍，電台卻突然宣布，廣播節目的所有內容，版權都屬於電台所有，任何人不得以任何形式出版。我向電台反應，節目中的許多話題和點子，都屬於我的創作，將來可能會做文字出版的。電台仍一視同仁的叫我簽約，我覺得這非常不合理，不想妥協，於是想要離開。

一想到離開，便有了許多捨不得，既不願意妥協，又不甘心就這麼畫下句點。我想到那些在深夜裡，因我的陪伴而不孤獨的遲眠者；那些必須通宵工作的人們；在樓梯間聽完廣播才能入睡的女孩，以及這幾個月來為我的節目付出許多的年輕夥伴，就這樣星流雲散了嗎？

我依然按照原訂計畫到東部去，白天裡走過了綿延的海岸，黃昏時到達山中，泡過溫泉之後，躺在榻榻米上，身體是放鬆的，腦袋卻快速的轉動著，反側難眠。天將亮時，在枕上聽見了不遠處寺院敲鐘的聲音，低低的共鳴，迴盪在山林間，像一道奇異的光，推開了迷霧，突然，我發覺自己可以把事情看得更清楚了。

何必還要掙扎苦惱呢？不合理的事就是不合理，如果向不合理屈服，久而久之，自己會變成一個什麼樣的人呢？

雖然捨棄了喜愛的事物，卻能夠保持完整的自己，不是很好的事嗎？鐘聲依然響著，驅散了心上的塵埃，安定了神魂，那一刻，遺失許久的鬆弛緩緩包圍住我，使我可以舒適的闔上眼，得著一場無夢的酣眠。

後來，我回到台北，辭去了電台主持，卻和那群年輕夥伴開始了新的人生探險，摸索著做了更多新奇、有意義的事。

而我也在八年之後重新成為廣播人，再度擁有一個節目，已經持續了十幾年，每次看見「播音中」的紅燈亮起，依舊熱情投入。這個節目的播出時段有過許多調整，曾經在深夜或是早晨或是下午，不管是在哪個時段播出，對我來說，都是最好的時段。

我希望當人們打開廣播或連線上網，聽見我的聲音，會覺得耳中有了不同的感受，會有一點兒出神，或是靜謐的時刻。

潮語錄

關於 | 相片 | 朋友 | 更多

張潮曰：對淵博友，如讀異書；對風雅友，如讀名人詩文；對謹飭友，如讀聖賢經傳；對滑稽友，如閱傳奇小說。

張竹坡曰：善於讀書取友之言。

阿曼曰：讀書與交友又有不同者，讀書可時時招而至矣，數年不見亦無生疏怨懟之意，交友則何能如此？

分享　1023 個人都說讚

阿曼，是張潮的穿越臉友，紅顏知己。二十歲初遇《幽夢影》，雖然一知半解，已有口齒生香之感，無法或忘。

隔著三百多年的光陰，絮絮叨叨，想像著自己也置身在張潮的朋友圈中，屬於勤於按讚，勇於發言的小粉絲。

是的，與三、四百歲的前輩相比，確實相當小。

梧桐接住了雨

有些聲音，靜心才能聽得見；有些聲音，聽見了便能靜心。

水之為聲有四，有瀑布聲，有流泉聲，有灘聲，有溝澮聲。風之為聲有三，有松濤聲，有秋葉聲，有波浪聲。雨之為聲有二，有梧葉、荷葉上聲，有承簷溜竹筩中聲。

水聲有四種：有瀑布聲、有泉水聲，有浪濤拍岸聲，有溝渠細流聲。

風聲有三種：有風吹松林的波濤聲，有秋風拂掃的葉落聲，有風捲水浪的起落聲。雨聲有二種：有雨滴拍打梧桐、荷葉聲，有雨水沿屋簷、竹管流動聲。

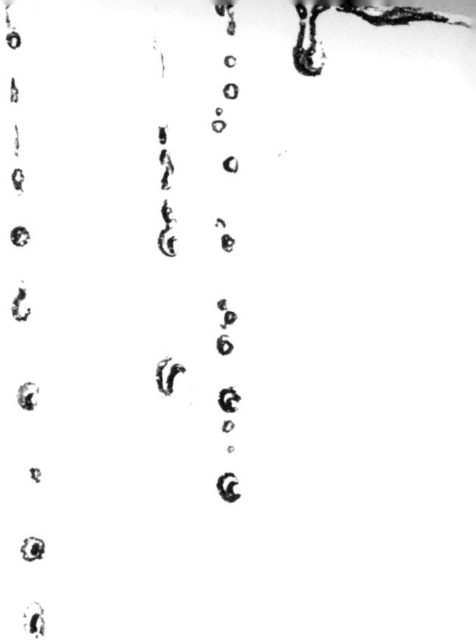

聽覺，是一種難以描述書寫的題材，偏偏又是張潮最喜愛的感官，我不免猜想，這個人是否有特別敏銳的聽覺？他急著想把自己的體會記錄下來，當成是與世界觸碰的一種方式？

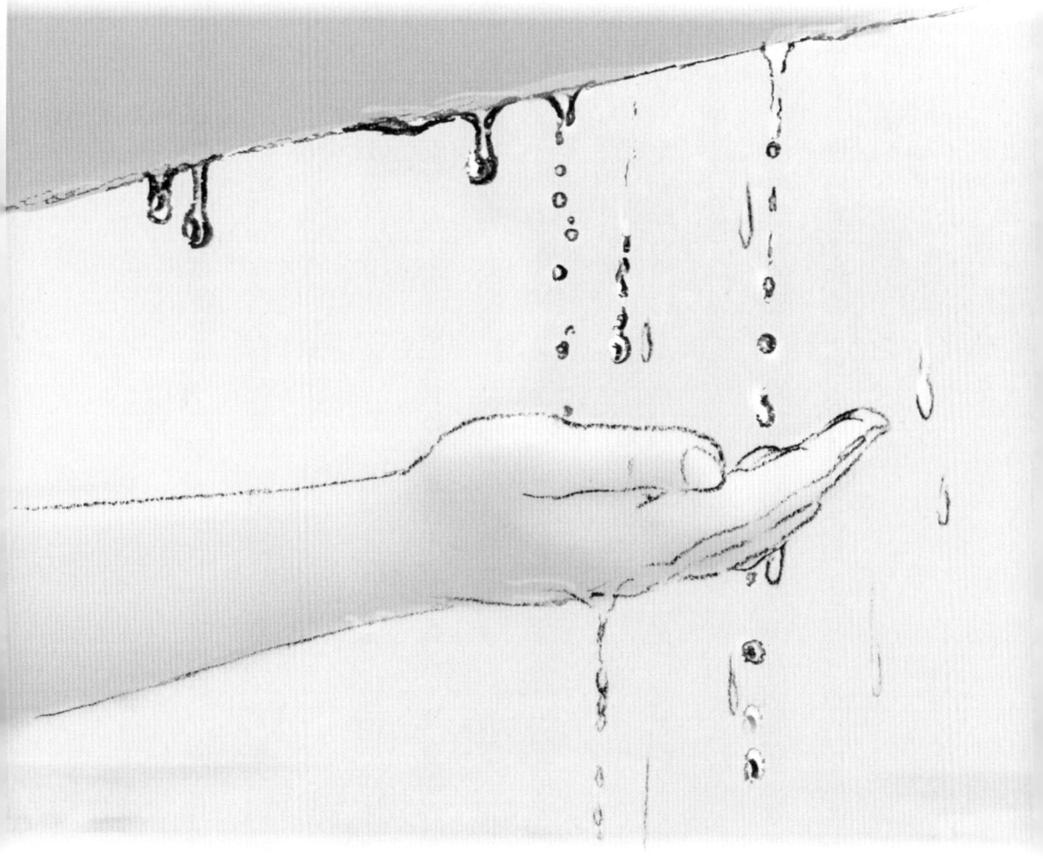

就連文學家也很少描寫聽覺的，中國文學史上描繪聽覺，而達到經典的有三篇：白居易〈琵琶行〉寫江上琵琶聲；歐陽脩〈秋聲賦〉寫秋夜肅颯聲；蘇東坡〈赤壁賦〉寫洞簫嗚咽聲，皆絲絲入扣。

張潮則提醒我們自然中的「水、風、雨」各自有聲，各自不同，值得細細體會。像是瀑布直瀉而下；流泉淅瀝不絕；灘水驟起驟落；溝渠嘈嘈激湍。又像是風吹過松樹如波濤；風吹落秋葉的蕭瑟；風吹起水上的波浪。還有雨水落在梧桐葉和荷葉上的聲音；雨水順著房簷急流進排水竹筒裡的聲音，這一切的聲音，都是在沉靜中才能聆聽的。

多年前頭一次到蘇州旅行，住在一間小旅館，行道樹是整排的梧桐，手掌大的葉片，向天空舒展著。傍晚時分，下起雨來，原本悶熱不堪的暑氣漸漸消散，我開了點窗，讓潮濕的風進來，同時聽見梧桐葉承接雨滴的聲響，驀然想起李清照的名句：「梧桐更兼細雨，到黃昏點點滴滴。」這樣雨打梧桐的聲音，讓黃昏的情味更濃，心緒也悠長了。

居住的賓館是外國旅客專用的，已經算是各方面條件都比較好的，但，冷氣發出沉重的運轉聲，空氣不能流通的氣悶感，讓我徹夜難眠。

雨，淅瀝瀝落下來，敲打著玻璃窗，也從開啟的窗縫滲進來，經風一吹，成了甜美的涼意。

窗外偶爾有騎腳踏車的人摁了聲鈴；有大嬸叫孫子回家沖涼；有賣果子的吆喝兩聲，其他的時候，就只是安靜，靜得令人想立即睡去。

我也曾在秋天，經過植物園的荷花池，坐在鐵椅上閱讀一本書，正專注沉浸在精彩的情節中，忽然，天光暗了，一片烏雲飄過來，接著，我聽見劈里啪啦的聲音，由遠而近，豆大的雨點落進池中，荷葉像一群訓練有素的部隊，撐起傘蓋，挺立不移。我避進亭子裡，闔上書，聽了一個下午，雨水彈奏著荷葉的聲音。

有些聲音，靜心才能聽得見；有些聲音，聽見了便能靜心。

潮語錄

關於 | 相片 | 朋友 | 更多

張潮曰：人須求可入詩，物須求可入畫。

梅 **張竹坡曰**：詩亦求可見得人，畫亦求可像箇物。

石天外曰：人須求可入畫，物須求可入詩。亦妙。

分享　1023 個人都說讚。

石天外，名為石龐，天外是他的字，也是神童級的人物，五歲就能寫出好文章，詩詞歌賦和繪畫都很專精，尤其擅長畫老虎頭。他瘦而高，蓄短鬚，很重視儀表姿態，應該是當代型男。

擁有許多名人文士的好友，在臉書上必然相當活躍，可惜只活了三十二歲。

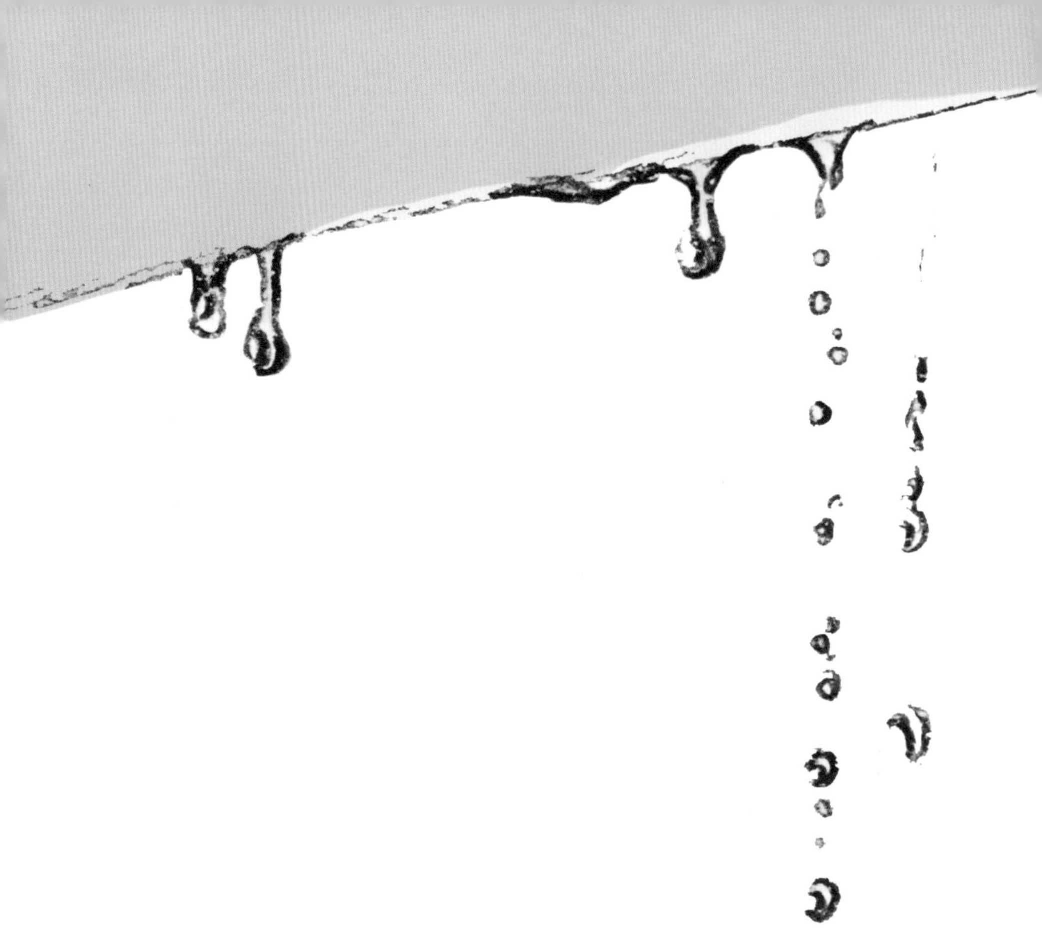

雨，改變了世界的樣子

時間被逆轉了，一步一步的，走向了過去。

雨之為物，能令晝短，能令夜長。

雨這樣的東西，能令白晝變短，還能令黑夜變長。

雨是極尋常的東西，也是很奇妙的東西，它久久不來，令人思念；它來得太久，又讓人生厭。雨下得太少，令人有乾旱的恐慌；雨下得太多，必然要生災殃。

雨，能改變人的心情，多了點感傷，多了點詩意，多了點孤寂。

雨，也會改變人的行止，假若沒有傘，總有些焦躁不安，從容行走在雨中的少之又少。因此，讀到蘇東坡的〈定風波〉：「莫聽穿林打葉聲，何妨吟嘯且徐行。竹杖芒鞋輕勝馬，誰怕？一簑煙雨任平生。」便好想與他一同走在這條風雨的山徑，把煙雨當成簑衣披在身上，什麼樣的艱難也能迎上前去，無所畏懼。而後，在路的盡頭回首，看著來時路，也無風雨也無晴，也是一種圓滿的意境。

但，這需要多少難以忍受的坎坷與拖磨，歷經一次又一次考驗，多少次的起死回生，才能具備這樣的超脫與淡定？定人生一切風波，顛簸隨它顛簸，低盪任它低盪，看起來是全然的馴從了，其實是只留形影在風波，而精神已抵達雲端的高度了。

大部分的時候，我們都被外界改變。能夠不被改變，甚至還能改變外在環境，是何等高超的境界。

雨，輕易的做到了，它改變了我們的時間感。

下雨時的陰暗天色，使白天變得短暫了，許多想做的該做的事，都沒有心緒。卻又讓夜晚變得悠長，寥落雨聲中，許多思緒齊上心頭，紛紛擾擾，令人無法安眠。周杰倫的歌〈雨下一整晚〉，懷念著遠去的愛人，撐傘的背影，消失在夜色：

「街道的鐵門被拉上，只剩轉角霓虹燈還在閃，這城市的小巷，雨下一整晚。」

在我出生的年代，台北還有許多平房與日式建築，一下雨，便散出木頭潮濕的氣味。許多年過去，絕大部分的老舊房舍都被拆光了，近來有幾幢重修之後，變成了餐廳，周遭環繞著綠意。

我喜歡和年輕的朋友約在老舊的房子裡見面，彷彿也能把他們帶回時光隧道，體驗我曾擁有過的時光疊影。

在一個下著梅雨的夜晚，我和朋友約在木造日式餐廳吃飯，一路從巷子往更深處行走，雨水沿著傘的邊緣滑落，視線變得模糊了。走著走著，兩旁的公寓房子忽然都降下去，變矮了，溫柔的匍匐在土地上。我不動聲色的繼續向前走，那幢木屋的木製窗框與毛玻璃，屋裡暈黃的燈光，暖暖的透出來，緩緩的包圍住我。我就這樣走著走著，時間被逆轉了，一步一步的，走向了過去。

雨下一整晚，下在全世界的屋頂，下在全世界的瀑布，下在全世界的花園，下在全世界醞釀出的巨大夢境。

潮語錄

關於 | 相片 | 朋友 | 更多

張潮曰：雨之為物，能令晝短，能令夜長。

張竹坡曰：雨之為物，能令天閉眼，能令地生毛，能為水國廣封疆。

阿曼曰：雨之為物，能令天地謳歌，能令屋宇奏鳴，唯水國勿再開疆拓土。

分享　1239 個人都說讚

歲月的咒語

那些像是咒語的字跡，漫漶不可辨識，其中有兩個字是認識的，童年。

春雨如恩詔，夏雨如赦書，秋雨如輓歌。

春風如酒，夏風如茗，秋風如煙（，冬風如薑芥）。

春天的雨溫暖，就像恩寵的詔書；夏天的雨清涼，就像罪人獲得的特赦令；秋天的雨纏綿哀愁，像一曲悲輓之歌。

春風如酒濃醇，夏風如香茗，秋風飄忽如煙（，冬風凌厲逼人如薑似芥）。

每個人對季節的感受都不同，張潮顯然是偏愛春天與夏天的。他曾說：「春者，天之本懷；秋者，天之別調。」在他看來，春日的和暖生機，才是上天本來的胸懷，是一種恩慈，一種恤養，一種深厚的溫情。至於秋天的冷清與肅殺之氣，則是另一種不同的樣貌，是一種特殊的情調。然而若沒有秋天的蕭索，也就顯不出春日的盎然生機，因此，「本懷」與「別調」是缺一不可的。

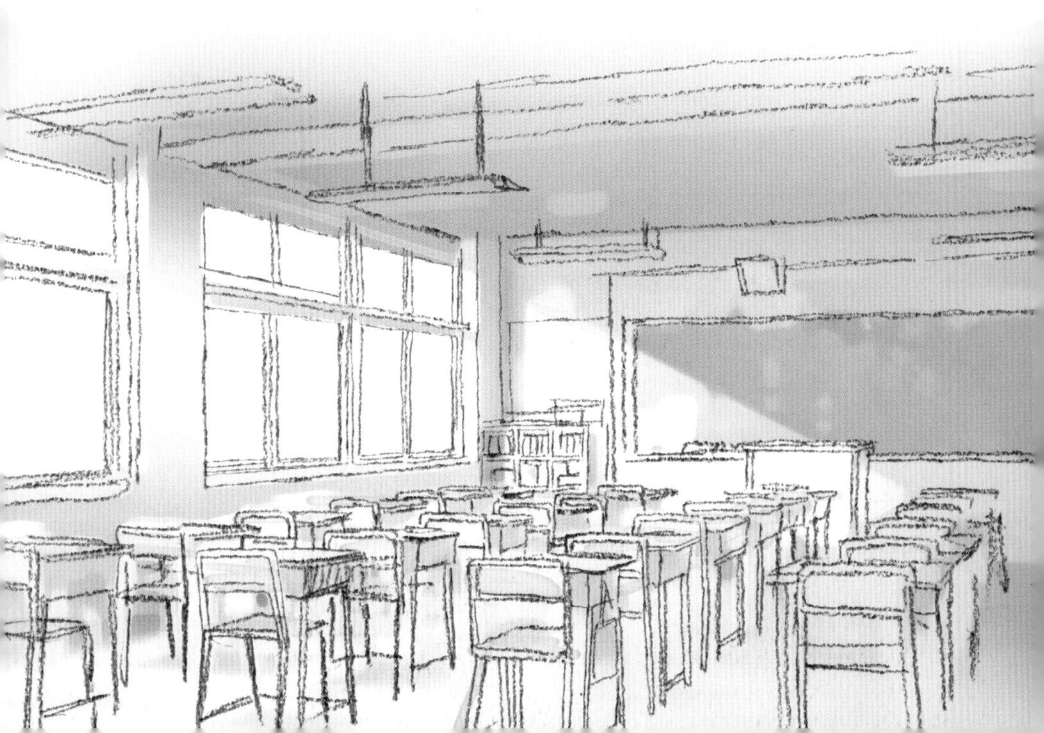

張潮用了生動的譬喻，為四季的風雨下註腳，更是情味具足。

春天的雨，細緻滑潤，沾衣欲濕，就像皇帝賜下封賞獎勵的詔書一樣，無限恩寵，使萬物得以生長繁盛，欣欣向榮。

夏天的燠熱令人汗下如漿，無所遁逃，這時候來一場大雨，嘩啦啦，痛快淋漓，暑氣全消，就像是有罪服刑的人，得到特赦令一樣，無限喜悅。

至於秋天的雨，嗚咽纏綿，不止不休，離家出外的遊子，或是天各一方的情人，聽在耳中，平添酸楚，像一曲悲傷的輓歌。

小時候每到夏天，便等待著日日一場雷陣雨。還沒有冷氣的島嶼生活，總是開啟著大大的窗，讓風進來，電扇高高吊在天花板，有氣無力的轉動著。

吃過便當便一身汗，看著天上雲層聚集，心中充滿期待，我常是最先宣告雨之將至的人：「我聞到雨的味道了。」雨的味道是一股特別濃烈潮濕的泥土氣味，還帶著草木浸潤的氣味，我後來才明白，可能因為四圍的山已經下了雨，才漫泛出這樣的味道。

天色愈陰暗，氣味愈厚重，學校的下課鐘聲響起，背起書包，我拔足狂奔，有時還沒回到家，大雨已經傾倒而下，回家的路上全是歡聲喧譁的孩子。我們知道下過雨會有很宜人的涼爽，晚上的天空會有很亮的星星，可以舒舒服服的入睡。

跑回小小院落的家，推開紅色木門，庭中積水已經漫起來了，母親捲起褲管正彎腰撈水，我脫下鞋子，迅速加入撈水行列，免得水漫溢到客廳裡去。與其說這是一個勞動，不如說這是一場遊戲，天空打了個閃電，我們就避在廊下，等候雷聲響過，再跳回水裡。有時候鄰居玩伴也加入我們，大家故意把水潑在彼此身上，發出尖叫，伴隨著大人的喝斥聲。

雨漸漸停了，不知從哪裡飄來一隻小紙船，在薄薄的水面上飄浮著。白色的紙船上彷彿有字，寫著什麼呢？

我彎身想看得清楚些，那些像是咒語的字跡，漫漶不可辨識，其中有兩個字是認識的，童年。

童年，去了哪裡？

夏天的雨，對我來說，代表的就是童年。搬離小小院落的家，已經許多許多年，鄰居同伴們也已經離散了許久，就連夏日午後雨，也不常見了，更聞不到雨的氣味。徹底失去了的，我的童年。

四季的風又是怎樣的呢？

張潮覺得，春風如薰人欲醉的美酒；夏風是使人清心的香茗，秋風難以捉摸，如煙杳然；冬風刻厲入骨，宛如老薑或芥末，穿透心間。四季的風，都有強烈性格，不可能相混。

現代人的生活看起來舒適許多，炙熱的盛夏，穿著外套在氣溫二十度的冷氣房裡工作生活；冷氣團報到的寒冬，依然是在二十度有暖氣的房間裡活動，季節感只能在換季拍賣中領略，缺乏了和大自然之間的接觸及感受，難以區別，難以想像。

我們生在這個世界，其實卻活在自己的防護罩中。

潮語錄

關於 | 相片 | 朋友 | 更多

張潮曰：春雨宜讀書，夏雨宜弈棋，秋雨宜檢藏，冬雨宜飲酒。

周星遠曰：四時惟秋雨最難聽，然予謂無分今雨舊雨，聽之要皆宜於飲也。

阿曼曰：春雨宜蒔花，夏雨宜午睡，秋雨宜剪菊，冬雨則宜鎮日長寐也。

分享　1023 個人都說讚

周星遠，個人資料不公開。

潮語錄

關於 | 相片 | 朋友 | 更多

張潮曰：吾欲致書雨師：春雨宜始於上元節後（觀燈已畢），至清明十日前之內（雨止桃開），及穀雨節中；夏雨宜於每月上弦之前，及下弦之後（免礙於月）；秋雨宜於孟秋、季秋之上、下二旬（八月為玩月勝境）。至若三冬，正可不必雨也。

孔東塘曰：君若果有此牘，吾願作致書郵也。

余生生曰：使天而雨粟，雖自元旦雨至除夕，亦未為不可。

阿曼曰：潮兄為玩賞世界，不惜干擾雨師也。雨師恐亦煩不勝煩。

分享　1323 個人都說讚

孔東塘，也就是孔尚任。中文系的人大概都會猛然想起，不就是那個著名的戲曲家嗎？他最有名的作品是《桃花扇》，講的是明代末年秦淮名妓李香君與才子侯方域相戀，以一把扇子定情，卻被奸人拆散，又逢國破離散的故事。寫出了明亡之前的君王腐敗生活，據說康熙皇帝曾向孔尚任索取劇本，藉以自惕。

他是孔子的六十四代孫，據說我們現在看到的祭孔大典的祭祀禮樂器、舞器、祭器種種，都是他監製的。

孔東塘應該是一邊忙著祭孔，一邊PO照片上網的網路達人吧。

余生生，名為余楍，字生生，四川人。他在明代末年世襲錦衣衛，曾經想舉兵討伐流寇，因時不我予，失敗後逃往江南，參加詩社，成為著名詩人。

如此特殊的經歷，很應該成立「錦衣衛的秘密集結」這樣的粉絲團，粉絲們肯定爭相按讚。

聆聽自己，擁抱別人

擁抱的時候，我們的身體柔軟，卻飽含力量。

目不能自見，鼻不能自嗅，舌不能自舐，手不能自握，惟耳能自聞其聲。

眼睛不能看見自己，鼻子不能嗅聞自己，舌頭不能舔舐自己的舌頭；手不能反握自己的手，只有耳朵能夠聽見耳朵的聲音。

眼睛不能讓我們看見自己的臉；鼻子不能讓我們嗅到自己的氣味；舌頭不能舔自己的舌頭；而手也不能握住自己的手，只有耳朵可以聽見來自耳朵的聲音。

這段言談引來不少討論，許多人說，張潮不瞭解人體構造，一切感官與知覺其實是由大腦在控制的，並沒有孰優孰劣的分別。至於耳朵自己發出的聲音，所謂的耳鳴，則是因為耳蝸內外毛細胞的損傷或病變，特別是當內毛細胞功能正常而外毛細胞有病變時，二者功能不協調，是產生耳鳴的主要原因。

這段話卻也可以有不同的理解，因為眼睛看不見自己的臉，因此我們需要鏡子，就像是唐太宗的三面鏡子：「以銅為鏡，可以正衣冠；以古為鏡，可以知興替；以人為鏡，可以明得失。」

因為手握不住自己的手，所以我們需要朋友；就像我們無法擁抱自己，常常感覺孤寂軟弱，於是，希望家人、愛人、朋友，可以在需要的時候，給我們一個實實在在的擁抱。我們也願意給他人全心全意的擁抱，讓他知道：「我在這裡，和你在一起。」

華人家庭的情感表達多半很含蓄，就連語言都難說出口，更遑論肢體互動了。只有在小時候，我們可以向大人索求許多擁抱，等到我們長大一些，或是有了弟弟妹妹，眼看著大人照顧和擁抱別的孩子，自己卻再得不到那樣的懷抱了。於是我們嘗到了落寞的滋味，感覺嫉妒，甚或是憤怒。有時我們想要爭取，鼓起勇氣去大人身邊，張開雙臂，請求一個擁抱，得到的卻是沒有惡意的嘲笑：

「這麼大了還要抱？丟不丟臉啊！」

沒有惡意，卻很傷人。

我們的手臂變得僵硬，垂掛在身體兩旁；我們的心被羞恥覆蓋，轉身走開，離溫存的渴望愈來愈遠。

擁抱？什麼玩意兒？我一點也不想要。

只有在愛戀中，我們能稍稍坦然的接受擁抱，因為那是激情與信任的訊息。除了情人和伴侶，再沒有擁抱的可能。

當我年輕時，曾有過一次家庭旅行，去美國邁阿密遊玩，那裡有位 Judy 阿姨，是媽媽的同學。從接機開始，她帶著三個孩子一路陪伴我們，到迪士尼和環球影城，無微不至的照顧，玩得非常開心。

阿姨的三個孩子，和我年紀差不多，大女兒已經是實習醫師了，兩個兒子是雙胞胎，一胖一瘦，一個開朗一個斯文，絕不會認錯。阿姨帶著他們長期住在美國，所以，我們並沒有見過面，對彼此也不熟悉。在機場初次見面，大女兒和兩個兒子就給了我熱誠的擁抱，儘管缺乏擁抱練習的我，顯得那麼笨拙和僵硬。

接下來的一個星期，我們開著長途的車，沿途尋找好吃的中餐廳，在森林裡野餐，在湖邊唱歌，相處得好像兄弟姐妹那樣和諧。

最後一晚，我們在迪士尼看煙火，夜幕裡一片又一片煙火炸開，璀璨華麗又短暫，離愁一陣一陣的牽動。我們都沉默了，只是靠在一起，靜靜的仰望著天空。當最後一發煙火在天空燃亮，四周響起歡樂的歌聲與掌聲，我伸出雙臂，主動的擁抱了身邊的兩兄弟，充滿著感激、幸會與惜別的，深深的擁抱。

我想，被擁抱並不算是真正的擁抱，當你願意主動擁抱他人，才算是學會了擁抱。

據說，西方人的握手禮，是要確認彼此手中沒有武器。那麼，擁抱，就是要確認身上沒有攜帶武器了？

擁抱的時候，我們的身體柔軟，卻飽含力量，因為正在給出愛，給出支持與安慰，這是一種很美好的狀態。

許多情感需求，都無法自我完成，然而，聆聽心中的真實渴望與聲音，是只有自己可以做到的，也必須自己去完成。

從小到大的命題作文，我們描述過許多次「我的志願」，勾勒出大多數人

認為高尚的工作與生活，卻不曾問過自己，「我真正想要的是什麼？」其實，我們的內心常常傳遞強烈訊息：「我真的不喜歡這樣的工作。」；「做這件事的時候我好開心，一點都不覺得疲憊。」；「雖然沒有人成功過，但我真的很想全力一搏，為什麼不能試一試。」……

永遠不嫌太早，也不嫌太晚，去聆聽只有我們自己能聽見的聲音。

當我們聆聽到自己的內在，才不會迷失，才能往正確的方向啟程。在人生的道路上愈走愈完整，愈走愈壯大，而後能溫柔的擁抱別人。

潮語錄

關於 | 相片 | 朋友 | 更多

張潮曰：目不能自見，鼻不能自嗅，舌不能自舐，手不能自握，惟耳能自聞其聲。

弟木山曰：豈不聞心不在焉，聽而不聞乎？兄其誑我哉？

張竹坡曰：心能自信。

釋師昂曰：古德云：「眉與目不相識，只為太近。」

阿曼曰：心最難見，不以他人難見，亦難自見耳。

分享　1323 個人都說讚

弟木山，是張潮的親弟弟，據說名為張漸，他和張潮一樣，是個喜歡編書刻書的人。張潮曾經希望一年編刻五十部書，目標雖然沒有達成，卻可以看出他們的狂熱與堅持。哥哥的臉書有貼文，弟弟理所當然要按讚，互相欣賞，彼此支援，是情投意合的好兄弟。

釋師昂，出家人，個人資料不公開。

雲是無法捕捉的

我們走到無路可走的地方，雲才正要飛昇而起。

雲之為物，或崔巍如山，或瀲灩如水，或如人，或如獸，或如鳥毳，或如魚鱗。故天下萬物皆可畫，惟雲不能畫。世所畫雲，亦強名耳。

雲這樣的東西，有時看來像巍峨的高山，有時像閃亮的水流，有時像人，有時像動物，有時微小得如鳥類的毫毛，如魚類的細鱗。因此天下萬物都是可以描畫的，只有雲無法繪畫。世上那些宣稱能畫雲的人，只是將他們畫中之物，勉強稱為雲罷了。

當雨還沒有降下大地時，曾經是雲，雲給人們許多奇妙的聯想。小孩子抬頭看雲，想到的是棉花糖；麵包師傅抬頭看雲，想到的是剛剛揉好的麵團；趕著上班的人抬頭看雲，想到的是軟軟的枕頭。

雲這種東西確實是變化萬千，有時形象如崇偉的山，有時光亮流麗如水，有時像一個人，有時像一匹獸，有時細微得像毫毛或鱗片。張潮認為天下萬物最難描繪的就是雲，世人畫出來的雲都無法掌握真實樣貌，都太勉強了。

而我喜歡雲，正因為它的柔軟與變化，它可以很輕盈，也可以很厚重；它可以很小巧，也可以很巨大；它可以飄浮，可以凝定，可以舒卷，它可以去到我們去不到的遠方，仰望著雲，心胸也能遼闊些。

它的難以歸類和定型，使我想到「君子不器」這樣的話，一個真正有修為的君子，是不可能古板不知變通的，他可以因時度勢，成為不同的樣子。但不管成為什麼樣子，總是令人羡慕的。

一千五百多年前的南朝，有位品德與學問都很好的隱者陶弘景，他曾當過梁武帝的老師，很得皇帝敬重，然而，不管皇帝如何懇求，陶弘景都不願意出山為官，只想過著自由自在的隱居生活。

梁武帝寫信問他：「山中何所有？卿何戀而不返？」陶弘景與皇帝的交情顯然很好，他並沒有誠惶誠恐，反而用皇帝的問話，回覆老朋友那樣的，寫了一首詩：「山中何所有？嶺上多白雲。只可自怡悅，不堪持贈君。」

一個隱士所擁有和珍愛的，只是白雲而已，這不是君王稀罕或需求的東西。喜歡雲的人，看了無限歡悅，而君主的歡悅可不是建立在這種事物上，他們要的更具體、更實際、更巨大，完全利己。

「道不同，不相為謀。」這或許是陶弘景真正想要表達的，但又何必把話說得那麼落實呢？於是，他看著眼前起起落落的白雲，微微笑了，在細絹上寫

下第一句詩：「山中何所有？」山中所有之物，豈是野心者所能見到的？

天上的白雲是無法捕捉的，真正的隱士是不會被網羅的。

就像誰也無法網住一朵雲。

雲比我們走得快，雲比我們去得遠，我們走到無路可走的地方，雲才正要飛昇而起。

潮語錄

關於 | 相片 | 朋友 | 更多

張潮曰：為月憂雲，為書憂蠹，為花憂風雨，為才子佳人憂命薄，真是菩薩心腸。

黃交三曰：「為才子佳人憂命薄」一語，真令人淚濕青衫。

張竹坡曰：第四憂，恐命薄者消受不起。

江含徵曰：我讀此書時，不免為蟹憂霧。

張竹坡又曰：江子此言，直是為自己憂蟹耳。

分享 1516 個人都說讚。

黃交三，名泰來，是江蘇人。他和孔尚任也是好友，孔尚任曾寫過一封短信給他，敘述自己罷官後生活的窘迫與困苦。

孔描繪自己的生活，「朝不得食，夜不得睡，大似落劫仙人，苦行頭陀。」看起來真是苦不堪言。孔尚任信的結尾是說他自己快要去唱蓮花落，當乞丐了。同時，卻對黃交三充滿期許，說他讀書養氣，很快就可以大展鴻圖了。

可惜沒看見黃交三答孔尚任的書信，不知道面對這種任性的「討拍文」，該不該按讚？又該如何回應呢？

江含徵，名之蘭，與張潮同為安徽人，是清代初年的著名醫家，著有《醫津筏》這部醫書。應該是一邊把脈，一邊忍不住上臉書的醫生，看他按讚和回應的速度都挺快的。

人，不可以

癖好是一種執著，是長久的投入，是時間的累積，是個性的塑造。

花不可以無蝶，山不可以無泉，石不可以無苔，水不可以無藻，喬木不可以無藤蘿，人不可以無癖。

花不可以沒有蝴蝶的圍繞，山不可以沒有流泉的音調，石不可以沒有青苔的碧綠，水中不可以沒有藻類的滋生，高大的喬木不可以缺乏藤蘿的擁抱，人則不可以沒有執著的癖好。

我們觀照著世間萬物，發現它們呈現出的美感，往往不只是單純的自身，還有烘托與陪襯，才能給人豐美的感受。

鮮花開得再好，若沒有蝴蝶的飛舞，那就只是孤芳自賞。莊嚴的山巍峨矗立著，也得有活潑的流泉傾洩而出，像是一個把自己隱藏得很好的人，無意間流露出情感線索，令人神往。一塊石頭光溜溜的，便感覺不到歲月的留痕，彷彿沒有任何經歷，而若是生出一層青苔，才能證明它已在這裡固守了相當的時間，不是一塊滾石，是執著的，生了根的。

高大挺拔的喬木，孤單的生長於天地之間，不免有些寂寞，藤蘿以最柔軟的姿態纏繞著它，這才憑添了幾許情意。古人都認為藤蘿依附於喬木，就像女子寄生於男人，其實，有著藤蘿攀生的喬木，被擁抱、被環護著，是幸福的。

張潮最終將眼光停在人的身上，一個沒有任何癖好或執著的人，是無趣也無情的。雖然「我執」總是我們企圖要拋卻的，希望不要陷溺其中，但這種情感的牽絆，才真正標示出我們內在的品格，標示出我們的情深。

有一次我從東南亞地區演講回來，搭乘飛機，將要降落時，突然聽見一陣鼓譟，原來是一群粉絲，用掌聲和口號向同機的明星表達熱愛。如果不是這些粉絲按捺不住，我根本沒注意到原來大明星與我在同一班飛機上。粉絲們當然是為了陪襯和烘托偶像而存在的，但，若沒有粉絲，又哪來的偶像？

至於癖好，那更是千奇百怪。眾人都喜歡香氣，卻有人特別鍾愛臭味。古代有個人不知何故，渾身惡臭不可聞，他的妻妾家人都無法與他相處，他自己也覺得很痛苦，只好自我放逐到海上生活。然而，卻有一個素昧平生的人，就是喜愛臭味，一路追隨他，晝夜相依，怎麼也不肯離開。年少時我看著這個「逐臭之夫」的典故，被深深打動了，不管什麼樣的人，都會有人愛的，這是個多麼美好的世界啊。

我頭一次吃榴槤，頭一次吃臭腐乳，都是狂喜與難受的混合，之後就成了癖好。不管不愛吃的人如何詆毀，怎樣惡評，都無法動搖我的喜愛。

儘管許多怪癖，在旁人眼中看來是荒唐的，但我愈來愈喜歡有癖好的人，甚於無所謂的人。一個人若什麼都無所謂，沒有喜歡也沒有不喜歡，不是太飄忽了嗎？輪廓模糊，性格飄忽的人，我不知道該如何與他相處。

癖好是一種執著，是長久的投入，是時間的累積，是個性的塑造。

曾經，我在大學課堂上講到這一段，臨時出了題目給學生，讓他們寫出「人不可以無○○」。

學生的答案五花八門，一定有人會寫「人不可以無錢」，卻也有人寫「人不可以無悲憫」、「人不可以無夢想」、「人不可以無冒險」，而有個喜愛看

漫畫的男孩，用他拙稚的字體寫下：「人不可以無哀愁」。這真是一個觸動心弦的體會呀。

哀愁之心，使我們的靈魂深刻，可以容納更多情感。

潮語錄

關於 | 相片 | 朋友 | 更多

張潮曰：富貴而勞悴，不若安閒之貧賤。貧賤而驕傲，不若謙恭之富貴。

曹實庵曰：富貴而又安閒，自能謙恭也。

許師六曰：富貴而又謙恭，乃能安閒耳。

張竹坡曰：謙恭安閒，乃能長富貴也。

阿曼曰：富貴而謙恭，難矣。貧窮而安閒，難之又難矣。

分享　1237 個人都說讚

曹實庵，名貞吉，山東安丘人，實庵是他的號，他是康熙三年進士。是個愛書成癡，以詩為命的人，他的黃山詩詠一出，立刻搏得眾人好評，有奪魁之勢，可惜當時既無競賽，也沒有獎金。

實庵對朋友實實在在，情意深厚，領過的「好人卡」不計其數，想在臉書上加他為朋友的人必是爆滿湧出。

許師六，名承家，號來庵、獵微閣。他是康熙二十四年的進士，而他的哥哥許承宣乃是康熙三年進士，兄弟二人被稱為「同胞翰林」，該是多大的榮耀啊。肯定是祠堂大開，流水席擺上，縣老爺親自登門道喜，唱戲、踩高蹺，全村放鞭炮那樣的慶賀著。直到今日，在他們的故鄉唐模村頭，仍矗立著「同胞翰林」的石牌坊，以供拍照打卡。

都是你邀來的

如果這個世界，不是我們要的樣子，那就去造一個，哪怕只是一個，小小的世界。

藝花可以邀蝶，纍石可以邀雲，栽松可以邀風，貯水可以邀萍，築臺可以邀月，種蕉可以邀雨，植柳可以邀蟬。

栽種了花就能邀來蝴蝶，堆纍了石頭就能邀來雲霧，栽種了松樹就能邀來風聲，貯存了水就能邀來浮萍，築起高臺就能邀來明月，種植芭蕉便可以邀來雨聲，種植了柳樹自然邀得蟬的鳴唱了。

「May I come in？」

「Yes please.」

這幾年看吸血鬼影集，每當吸血鬼要進入人類的屋子裡，總會有一層無形的屏障阻擋，吸血鬼必須開口請求，獲得人類的允許和邀請，才能走進去。這個約定俗成的儀式，令我十分著迷。

當吸血鬼進入人類的屋子裡，也走進那個人的世界，帶來的可能是戀愛，可能是傷害，也可能既是戀愛又是傷害。但，這一切的源頭，都是那個邀請。

如果，打開門的人類堅決的說：「No」，然後把門關上，還有什麼故事可說呢？

在漫長而又短暫的人生中，那些讓我們狂喜或悲傷的所謂命運種種，不都是應我們邀約而來的嗎？就算你不是主動提出邀請的人，你也給予了一個允許，開了一扇門。

既然門是你開的，就無法將一切歸之於命運了，也不該軟弱的抱怨無能為力。

當我發覺自己有邀請和不邀請的權利，這個世界對我而言，立刻充滿著許多的可能。

首先，我學習著邀請合適的朋友進入我的生命。當我成為一個作家，被許多人認識，也就有著各種不同的猜測，以為我的朋友都是閃閃發亮的名人，以為我常出席星光熠熠的場合，其實，我的朋友幾乎都是一般人。在各種行業裡默默努力貢獻的人，熱情踏實，不求回報，體貼有禮，慷慨正直。

他們或許不是社會價值定義下的所謂「成功人士」，但，就像達賴喇嘛說的：「這個世界並不需要更多成功的人，但是迫切需要各式各樣能夠帶來和平的人；能夠療癒的人；能夠修復的人；會說故事的人；還有懂愛的人。」

這個世界迫切需要的人，也就是我渴望的朋友。當我擁有了這些朋友，他們讓我認識了自我的價值，讓我更勇於付出，受到挫折依然願意嘗試，最可貴的是始終保持著清明的覺知。

我的朋友不多，我們花費了許多時間與情感，邀請彼此進入生命，並且留在悠悠歲月中，互相陪伴。我曾經寫過這樣一段話：「我的世界有點小，卻是剛剛好，剛剛好，遇見最美好。」

如果，在你的世界中，遇見的並不那麼美好，又該怎麼辦呢？有一段很長的時間，約莫二十幾年，我的工作環境是令人稱羨的，學術的殿堂。然而，其中的傾軋、誣陷、鬥爭，卻是沒有停歇過的。這一切表裡不一的狀況，給了我很深的思索，也給了我很強的鍛練。

當然，不可諱言的，也讓我沉進無力與低落的深淵，幾乎想要如同睡美人那樣沉沉的睡去。

不能繼續消沉了，我警告自己，必須要做出改變。那一年，我成立了經典

閱讀與創作的學堂，想像著在嶄新的思維和時代中，將古老的經典與孩童和青少年連結在一起；也想像著，在補習班林立的戰場中，創造一處溫暖而清涼的所在。尋覓工作夥伴和老師的時候，我的要求很簡單，是真心喜愛孩子的，也喜愛閱讀，喜愛教育工作，喜愛工作時的自己。

在我們的學堂裡，孩子像流水一樣的，來來去去，老師的流動率卻很低。那些畢業的孩子也像流水似的去去又來來，總留戀著回來看看老師，看看他們坐過的桌椅，重溫那些熱絡的話語和歡快的笑聲。

曾經有記者在小學堂裡訪問我，那是沒有課的日子，陽光大片的從窗外潑灑進來，讓剛剛油漆好的空蕩蕩的教室，相當明亮。教室裡的那些擺設和花卉，顯得格外鮮活。記者問道：「在小學堂裡，妳最喜歡的是什麼？」

「這裡的笑聲。」幾乎是不假思索的，脫口而出。我最喜歡的是學堂裡充滿著笑聲，因為許多幽默樂觀的老師，才能有放鬆而積極的學生。良好的氛圍讓大家宛如一家人那樣的相處在一起，彼此信任，相互倚靠。這才是我夢想中的工作環境。

張潮這一連串的邀約行動，其實也是積極的創造環境，如果這個世界，不是我們要的樣子，那就去造一個，哪怕只是一個，小小的世界。

潮語錄

關於 | 相片 | 朋友 | 更多

張潮曰：藝花可以邀蝶，纍石可以邀雲，栽松可以邀風，貯水可以邀萍，築臺可以邀月，種蕉可以邀雨，植柳可以邀蟬。

曹秋岳曰：藏書可以邀友。

崔蓮峰曰：釀酒可以邀我。

尤艮齋曰：安得此賢主人。

尤慧珠曰：賢主人非心齋而誰乎？

阿曼曰：心齋不必邀我，而我自來矣。

分享　1023 個人都說讚

曹秋岳，名溶，號倦圃，浙江嘉興人，是清初的藏書家。明末進士，官至御史，到了清代仍能從御史，做到戶部侍郎，相當於今日的次長之職。告老還鄉之後，專收宋、元文人集，收藏甚廣。

在他七十二年的人生中，若成立一個「愛書人粉絲團」，應該會獲得熱烈迴響。

崔蓮峰，名華，號不凋。他的兒子是崔如岳，他們是同評《幽夢影》的父子檔之一。父親的臉書和兒子的臉書，若有許多共同的朋友，不會覺得困擾嗎？

尤艮齋，名侗，江蘇長洲人，是清初著名的詩人和戲曲家，曾被順治稱為「真才子」，又被康熙譽為「老名士」。他在官場上曾經跌宕不如意，也曾辭官歸家，自號悔庵，將居處改名為「看雲草堂」，以杜甫自況。這位少見的高壽才子活到八十七歲，他的機智與詼諧，甚得康熙賞識，老年仍過著尊榮的生活。

當時人將他比做李白，他自己最得意的卻是：「吾年逾六十，子幸成名，可以休矣！」他的兒子與他一起編纂《明史》，這個讓他與有榮焉的兒子，卻常常被當作女人，恐怕是他始料未及的事。

尤慧珠，名珍，字謹庸，一字慧珠，是尤侗的兒子。他是康熙二十年進士，因家學淵源，自然專精於詩，在文字獄的高壓氣氛中，每作一詩，字字求安，自我保全。他和父親尤侗，是同評《幽夢影》的一對父子檔，並且有形影相隨，彼此呼應之感。

有趣的是林語堂早年翻譯《幽夢影》時，曾引用尤慧珠語，卻稱他為：Miss Hueichu，殊不知，應該是 Mr. Hueichu 才對。他若是成立：「我叫慧珠，我是男子漢」粉絲團，必能異軍突起，「讚」不絕口。

謝謝你和我不同

與我們相反的人，有時是替我們解決生命困境的人。

養花膽瓶，其式之高低大小，須與花相稱。而色之淺深濃淡，又須與花相反。

用來養花的花器式樣，大小高矮，都應該要和花相稱才行。而花器顏色的深淺濃淡，又必須與花的顏色相反，才能相得益彰。

這些年來，因為工作的關係，常有客居異地的經驗，怎麼樣才能在短時間以內，營造出家的自在安心呢？除了播放喜愛的音樂，就是到市場去買一些切花，挑選花形與花色，讓它們成為我自己搭配的款式。

選花之前，要先選花瓶，做為一個旅人，不太可能帶著花瓶去旅行。我的作法，是到超市的飲料櫃去尋找合適的玻璃瓶，考慮它的大小、深淺、瓶身的粗細與瓶口的大小，瓶裡的飲料倒不是重要的事。這其實是一種特別的經驗，檢視那

座城市的人們，如何包裝飲料，為他們的城市打造美感與故事。

有些瓶子的造型真的令人愛不釋手，拿起來才發現，是塑膠而不是玻璃，嘆口氣將它放回原位。每個人都有自己的偏執，我偏執的愛玻璃，雖然它易碎又沉重，卻有迷人的質感。

選好了瓶子，才到市集買花材，花形較小而色彩繽紛的花，我喜歡雜色的搭配，呈現出歡樂熱鬧的氛圍。花形大而顏色單純的，就要讓它獨自去展現「一枝獨秀」的情調。花瓶雖然只是個容器，卻能夠讓花的體態顯出雜蕪或安適的樣子，是否「相稱」，當然是最重要的因素。

我們置身在熟悉的環境中，與自己所屬的朋友們在一起，不必在意言談舉止，隨意的說著，開心的大笑，是最自在喜悅的狀態。

假若將我們帶到一個名流貴紳齊聚的派對，人人身穿昂貴名牌，討論的盡是珠寶、名車，對普通人來說，這些生活與話題是那麼陌生，於是，我們會在別人的注視中感到不安，不知道自己的衣著是否恰當？言談是否合宜？面對著

頂級香檳、魚子醬，卻寂寞的想念起和朋友在草地上啃漢堡的時光，那樣的輕鬆，開懷的大笑。

當一切都顯得「不相稱」，也就沒有了快樂。

至於張潮所說的「相反」，正是一種互補的藝術。主觀都強的人，很難一起共事，往往出現互不相讓的局面；性子都急的人，很難成為好友，容易因小事起衝突；個性都太浪漫的人，很難成為伴侶，因為現實的問題終將困住他們。

主觀強的人常抱怨缺乏主見的人；性子急的人常挑剔慢郎中；充滿浪漫思維的人會對現實的另一半諸多不滿，其實，與我們相反的人，有時是替我們解決生命困境的人，才是真正「相稱」的人。是值得感激的。

遇見與我們意見相反或不同的人，其實未嘗不是個契機，讓我們有機會拓展自己的視野，大膽的想像那個不曾涉獵過的領域，或許，也值得感激。

潮語錄

關於 | 相片 | 朋友 | 更多

張潮曰：賞花宜對佳人，醉月宜對韻人，映雪宜對高人。

余澹心曰：花即佳人，月即韻人，雪即高人。既已賞花醉月映雪，即與對佳人韻人高人無異也。

張竹坡曰：聚花月雪於一時，合佳韻高為一人，吾當不賞而心醉矣。

分享　　1723 個人都說讚

余澹心，名余懷，號曼翁，他是明代遺民，曾經與志同道合的朋友策劃反清復明的行動。這樣一個仇視滿人的文學家，卻與滿人貴族，康熙親信侍從納蘭容若互相慕悅，書信往還，也就是在臉書上常常私訊的那種交情。

可惜他們未能與彼此見上一面，容若就過世了。

潮語錄

關於 | 相片 | 朋友 | 更多

張潮曰：凡花色之嬌媚者，多不甚香；瓣之千層者，多不結實；甚矣，全才之難也。兼之者，其惟蓮乎？

貫玉曰：蓮花易謝，所謂有全才，而無全福也。

丹麓曰：我欲荔枝有好花，牡丹有佳實，方妙。

尤慧珠曰：全才必為人所忌，蓮花故名君子。

阿曼曰：蓮之可詩可畫又可食，盡顯我輩貪得無厭也。

分享　1323 個人都說讚

貫玉，個人資料不公開。

丹麓，名王晫，浙江杭州人。他小時候聰慧過人，因太過用功而生重病，父親勒令他放棄科舉考試。王晫放棄了考試與功名，卻沒有放棄對讀書的熱愛，他更自由的讀遍了經、史、子、集，學貫古今，名滿江南。凡是經過他家鄉附近的文人雅士，必然停車相見，競相納交，附近停車場都得連夜趕工才行。

王晫一直堅守著隱士的生活，卻在文壇有相當的影響力，他投射出的是一種儒雅、閒適、豪爽的真性情。屬於易於聚集粉絲，並且不離不棄的偶像型人物。但他對張潮的貼文，按讚與回應並不太熱心，也是想當然爾。

看見美好，看見愛，
看見一朵花開，沒有什麼目的，
看見一個漂亮的人走過，沒有任何欲求，
彷彿，學會了美。

愛上解語花

女人懂得愛護而憐惜自己，才能成為命運的主人。

買得一本好花，猶且愛護而憐惜之，矧其為解語花乎。

買到一株開放正好的花，都需要好好愛護疼惜了，何況那是善解人意的花一般的美人呢。

張潮在《幽夢影》中不只一次將美人與花相提並論，花兒嬌豔，容易凋萎，需要灌溉疼惜。古代美人因美貌得寵，更不能避免色衰愛弛的命運，這一切都與花兒相似。

而美人與花不同，更勝一籌之處，在於美人軟語溫柔，能給人體貼的理解和安慰，這就是所謂的「解語花」。古代

男性的理想大夢便是「醒握天下權，醉臥美人膝。」大權與美人缺一不可。

楚漢相爭之時，天下無敵的戰神項羽，在那身經百戰的廝殺中，卻一直帶著美人虞姬。虞美人分享著他勝利的喜悅，也拭去他失敗的淚水，當項羽四面楚歌被圍困，插翅難飛，感覺到時不我與，他唱出了「虞兮虞兮奈若何」的悲歌。

那個英雄凝望著跟隨自己許多年的美人兒，依然像朵盛放的花朵，嬌豔動人，歲月與風塵一點也沒有在她身上留下痕跡。然而，他的霸業傾頹了；他的夢想幻滅了；他不再是自己以為的那個人了；他徹底的失敗了。

「虞啊虞啊！告訴我，我該怎麼辦啊？」虞美人無法回答項羽的問題，她卻找到了自己的道路，用愛人的寶劍畫下生命的句點。

「我先走一步，在那裡等你。你並不孤單，也不必恐懼。」

於是，在烏江畔孑然挺立的項羽，用寶劍貼上自己的頸脖，浮現在他眼前的，便是那朵盈盈善笑的解語花，他感到的不是寒涼，而是被擁抱的溫暖。

西晉時代有個巨富石崇，靠著搜刮民脂民膏，富可敵國。他的家宴不乏權臣名士，他在席間命美人向賓客勸酒，若賓客不飲，便將美人交付劊子手斬殺。那浸泡著少女鮮血的筵席，根本就是石崇操控人心的試驗場。

石崇後來對一個叫做綠珠的少女動了真心，綠珠美豔絕倫，笛藝高妙，石崇在自己的王國「金谷園」中築了一座綠珠樓，珍藏著這受寵的美人。石崇多行不義，在朝廷鬥爭中終於一敗塗地，當他知道自己逃不過追捕與滅亡的命運，便對綠珠說：「我之所以有今天，都是因為妳的緣故。」綠珠含著淚，從綠珠樓上一躍而下，結束了她短暫的人生。

綠珠墜樓，成就了石崇，讓他變成許多戲劇小說中的多情貴公子，若沒有綠珠，他不過是個死不足惜，窮奢極欲的殘暴土豪。而綠珠也成為後代詩人歌詠的對象，晚唐杜牧有詩詠〈金谷園〉：「繁華事散逐香塵，流水無情草自春。日暮東風怨啼鳥，落花猶似墜樓人。」將墜樓的綠珠比喻成落花，絕美而悲愴。

然而時代已經不同，現代的女人當然可以美如解語花，應該得到許多疼惜和憐愛，卻不必再成為墜樓人。

一分好愛情，不該讓女人墜樓；一分壞愛情，更不值得女人墜樓。

張潮希望男人愛惜女人，女人只能等待男人改變她的命運。這是舊時代的女人的宿命。在我看來，女人懂得愛護而憐惜自己，才能成為命運的主人，才能成為美麗自信的解語花。

潮語錄

關於 | 相片 | 朋友 | 更多

張潮曰：花之宜於目而復宜於鼻者，梅也、菊也、蘭也、水仙也、珠蘭也、蓮也；止宜於鼻者，櫞也、桂也、瑞香也、梔子也、茉莉也、木香也、玫瑰也、臘梅也。餘則皆宜於目者也。花與葉俱可觀者，秋海棠為最，荷次之。海棠、酴醾、虞美人、水仙又次之。葉勝於花者，止雁來紅、美人蕉而已。花與葉俱不足觀者紫薇也、辛夷也。

周星遠曰：山老可當花陣一面。

張竹坡曰：以一葉而能勝諸花者，此君也。

阿曼曰：紫薇、辛夷皆有可觀，何以貶抑至此？我為其鳴不平也。

分享　1433 個人都說讚

單純的，被美觸動

對「美」產生單純的悸動，是做為一個人最享受的時刻了。

昔人云：若無花月美人，不願生此世界。予益一語云：若無翰墨棋酒，不必定作人身。

以前人說：如果沒有鮮花、明月和美好的人，真不願意生在這個世界上。我再加上一句：如果沒有書畫藝術、下棋和飲酒，那也就不必一定要當人了。

我的朋友青青在公家機關工作，她常說那是個暮氣沉沉的環境，雖然同事有男有女，有老有少，卻少有交流，大家都在固定的軌道上行進著，連抬起頭交換一個微笑都嫌費力。但這狀況近來卻發生了變化，關鍵人物是辦公大樓對面藥局新來的一位藥劑師，正確說法是個相當美麗的女藥劑師。

年資最深的總務阿伯有一天頭暈目眩，於是，會計阿姨便陪阿伯去藥局量血壓，量完血壓回來，兩個人都顯得眉飛色舞，不斷敘述美女藥劑師的笑容與親切，說得同事們都忍不住想要一窺廬山真面目。午餐時間，幾位同事也去藥局量血壓了，回來時都帶著維他命、鈣片之類的，雖然個個都破了費，卻十分亢奮。

青青是等到第二天才去的，她在臉書上貼文：「完全不需要上妝，就能吹

彈欲破，白裡透紅，我終於看見所謂的『天生麗質難自棄了』。」從那天以後，只要有人聊起美女藥劑師，辦公室裡便洋溢著一股歡樂的氣氛。

人們常常理性的說，外表的美醜不代表什麼，因為隨著歲月的流逝，美麗的事物都會消失，內在的美好才是長久的。然而，人們與生俱來的審美觀，卻使得我們見到皎潔的明月而感動；見到殊麗的花朵而興奮；見到漂亮的人物忍不住依戀回頭。

誰會去問天上的明月，你有內涵嗎？問美麗的花朵，你是道德的嗎？問漂亮的人，你是一個君子嗎？

不必顧慮其他，沒有任何實用功能的考量，對「美」產生單純的悸動，是做為一個人最享受的時刻了。

我有一個朋友雅卉，從小就對一切花卉感到著迷，外公是個花農，種植和培育了各式各樣的花。雅卉童年時的快樂天堂是外公的玻璃花房，她為了留住

花開時的絕豔樣貌，還去學繪畫。「為什麼不用相機拍下來？多方便啊。」有朋友這麼問。她說那是不一樣的，攝影能拍出花的外表，繪畫才能捕捉花的精神。

外公的花房在一次颱風侵襲中毀壞了，雅卉連夜趕回外公家，站在一大片碎裂的玻璃屑中痛哭失聲。

她後來省吃儉用努力存錢，為了再幫外公建一座花房，這願望沒有達成，外公便過世了。雅卉消沉了一段時間，到鄉間去租了一塊地種花，過著表面看來如偶像劇，其實相當辛苦的日子。

後來，她遇見一位美術系的年輕講師，帶著學生到她的花圃中寫生，見過幾次面，便認定了彼此。

他們結了婚，選定兩人都很喜歡的法國度蜜月，半個多月的時間，卻吵了好幾次，每次都因為丈夫望著街上優雅的女人出神，令雅卉很氣惱。「我們只是度蜜月，你就已經魂不守舍的，將來還得了？」

丈夫向她解釋，法國女人身上有種隨性的自在和優雅，與他們的文化和自信息息相關，他只是像在欣賞藝術品一樣的觀看，與他們之間的情感無關，更與欲念無關。

「就像妳愛那些花一樣，它們觸動妳，妳注意它們，沒有別的了。」

講到花，雅卉便詞窮了，她總是自我調侃的說：「我是無藥可救的『花痴』呀。」

「如果有一天，我對美好的事物無動於衷，那我就完了。」丈夫說。

雅卉想想，確實無法反駁，她要求：「下次看見美女要跟我分享。」

後來幾天，他們在火車上、咖啡座、花田裡，對各式各樣的美女品頭論足，開懷暢談，放鬆之後，雅卉對美有了更深的體驗。

張潮所謂的「翰墨棋酒」，則是一個符號，是一種精神生活的必要。

對知識分子來說，文章、書畫、弈棋、品酒，都是賞心樂事；對於鄉間的

阿公們來說，能讓他們寄託情感的，可能就是在廟口樹下彈唱三弦琴，或是野台戲的「關公月下斬貂蟬」，而不一定是「翰墨棋酒」。

我曾在九二一地震之後，拜訪了專門收容無家可歸老人的埔里「長青村」。那時震後剛滿一年，埔里地區仍有許多殘破與倒塌的建築，人們臉上餘悸猶存。我和長青村村長芳姿一邊敘舊，一邊聊起了地震當時的恐怖，以及她想為無依老人奉獻的初衷和意念，她也領著我在長青村裡參觀。在那將近兩個鐘頭的時間裡，一直有位老人跟在我們身邊，用他老舊的相機，喀嚓喀嚓，不斷按下快門。

老人家年近八十了，無兒無女，穿著一雙灰撲撲的皮鞋，身上的西裝外套也有點脫線。他用各種角度取景，雖然步履已經蹣跚了，態度卻很專業。

村長告訴我，老先生年輕時當過記者，一直都對攝影充滿熱情，他從廢墟中挖出了相機，掛在身上，便像是找到了自己的靈魂，感到安定與穩當。看著他上上下下的移動，忽左忽右的變換方位，有時候為他擔心，有時候又感到羨

慕，投入自己喜愛的事，是一種快樂的迷幻旅程吧。彷彿他的人生一直很順遂；彷彿他沒有遭遇過毀滅性的災難；彷彿他還是個準備闖蕩世界的年輕人。

對老人來說，攝影，就是他的「花月美人」，也是他的「翰墨棋酒」。

對生活的需求，不僅是豐衣足食而已，還有更多心靈上的觸動與共鳴，使我們對生之美好由衷讚歎。

潮語錄

關於 | 相片 | 朋友 | 更多

張潮曰：山之光，水之聲，月之色，花之香，文人之韻致，美女之姿態，皆無可名狀，無可執著，真足以攝召魂夢，顛倒情思。

南

吳街南曰：以極有韻致之文人，與極有姿態之美人，共坐於山、水、花、月間，不知此時魂夢何如？情思何如？

阿曼曰：此時根本在魂夢中。

分享　1638 個人都說讚

吳街南，名肅公，也是安徽人，街南是他的號。他從明入清，心中長存故國之思，不肯為清效力。一邊行醫，一邊賣字為生，用那樣漂亮的字寫出的藥方，對病患的心靈也有療癒作用吧。

在玄關上等待

保留一點空間的微距離，其實是最美好的狀態。

看曉妝宜於傅粉之後。

要看美人早起的模樣，應該等到她梳洗化妝之後，才是最美好的時刻。

我的朋友芊芊，一直懷念著已經過世好幾年的父親，尤其是在她自己結了婚之後。她說她和先生出門應酬，免不了要化點妝，先生總是不耐煩的嘟囔著：「再化也認得出是妳啦，又不會變成另外一個人，那麼浪費時間。」

芊芊便強烈的想念起父親，在她的記憶裡，父親永遠充滿耐心的，等待著母親精雕細琢的妝扮自己。從小她和哥哥、弟弟要出門前早就穿戴整齊，和父親一起坐在玄關等待著。

父親拘住他們三個孩子，不准他們進房去干擾正在化妝的母親，他們等得不耐煩了，父親就教他們玩拼圖。小芊芊有時會聽見，房裡的母親鬆弛而愉快的哼著歌，而後，妝扮妥當的母親被一團香氣簇擁著走出來，父親總會站起身，眼中閃閃發亮，微笑著迎向前去，她彷彿知覺了類似幸福這樣的氛圍。

然而，當她進入青春期，開始追尋自我，便漸漸對玄關上的等待感到不耐，也對總是化妝化得那樣一絲不苟的母親感到厭煩。她崇拜的是學校裡教英文的老師，穿著品味相當波西米亞，總是素著一張臉，很自在的開懷大笑。

有一次，在玄關上等待的時候，芊芊終於忍不住問父親：「你很喜歡媽媽化妝嗎？」

父親回答：「媽媽希望呈現最好的樣子。」

芊芊再問：「好像戴了一張面具一樣，你覺得這是最好的樣子嗎？」

父親有點詫異的看著芊芊，沉吟片刻，然後說：「我接受她的選擇和她的生活方式，這也是一種支持和情感，就是一種……尊重吧。」

芊芊頓時覺得父親不只是父親了，他原來是個情感的哲學家。她在那一刻，對父親升起了難以言喻的崇敬。

而她也在戀愛之後，明白了母親對化妝的堅持。所謂「真實的樣貌」，有時真的比不上「修飾後的樣貌」。化過妝的樣子，當然不夠真實，卻是「微距的美學」。讓女人從容妝飾之後，再欣賞她晨光下姣好的面容，是一種疼惜，也是一種智慧。

「微距的美學」也可以運用在親密關係中，人們相愛時，總是希望彼此之間零距離，最好一天二十四小時緊密黏著，同聲同氣，同行同止，然而，過不了多久便覺得疲憊，甚或焦躁起來，話語之間出現不耐煩的口氣，大大小小的磨擦衝突漸漸出現。

親密關係是人性的考驗，當我們意識到每個人都是完整個體，各有棱角與彆扭，便會明白，保留一點空間的微距離，其實是最美好的狀態。

潮語錄

關於 | 相片 | 朋友 | 更多

張潮曰：以愛花之心愛美人，則領略自饒別趣；以愛美人之心愛花，則護惜倍有深情。

冒辟疆曰：能如此，方是真領略，真護惜也。

張竹坡曰：花與美人，何幸遇此東君。

阿曼曰：讀至此真願與潮兄、竹坡、辟疆同時也。

分享 1169 個人都說讚

冒辟疆，名襄，號巢民，明末清初的文學家，更是大名鼎鼎的風流才子。他的先祖據說是蒙古貴族，而傳到他這一代已經是百分之百的書香門第了，可謂變身成功的好範例。而他最為人稱道的則是與秦淮名妓董小宛之間的愛情故事。

冒辟疆初見十六歲的董小宛，就被她的清麗姿容所吸引，然而，他遇見陳圓圓之後則大為傾倒，只是國難當頭，陳圓圓一片癡情，未能成為冒公子美眷。

圓圓後來遇見大將軍吳三桂，成為寵妾，又被李自誠部將劫擄，導致吳三桂衝冠一怒為紅顏，迎清兵入關，這又是格局更大的場面和故事了

十九歲那年，小宛與辟疆再度重逢，名妓必得配氣節名士，像個程式似的已輸入這些美人兒腦中。小宛無比癡情，堅定相隨，終於修成正果，成了冒辟疆的妾，卻只活了二十九歲便過世了。在她去世之後，丈夫寫了長文〈影梅庵憶語〉懷念她。這篇文章如果貼上臉書，男人看見小宛的深情必然羨慕不已，女性網友看見小宛千辛萬苦追求愛，而辟疆千方百計想脫身，必然是罵聲連連，叫他「踹共」的。

實際的，虛設的

她們不會聽見人們無情的評論：「天啊！怎麼老成這個樣子？」她們是永遠的美。

花不可見其落，月不可見其沉，美人不可見其夭。

種花須見其開，待月須見其滿，著書須見其成，美人須見其暢適，方有實際；否則皆為虛設。

花是那樣美，卻見不得它凋落；月升皎潔明亮，卻見不得它的沉落；而美人引動我們的神魂，實在不忍見她早逝。

種下花兒就得見到花開，等待著缺月變為圓月，我們期待創作的人能完成作品，盼望美好的人兒能過得圓滿順心，這樣才是一種「實際」，否則都只是徒然枉費。

我很羨慕那些有著綠手指的朋友，他們能夠把小幼苗培育得鬱鬱蔥蔥，垂頭喪氣的植物到了他們手裡，過不了多久便能抬頭挺胸，無限滋潤。而我自小就養不好植物，只能當一個觀賞者，無法體驗栽種的快樂。

在香港客居的日子，從花市買了一小盆長壽花，矮矮的枝椏上滿滿的花苞，看來生機無限。我並沒抱著太大期望，只想為居處添點綠意，便將它放在窗台上，早晨陽光照射到的地方。

兩天之後，第一束花苞開出一朵花，接著的每一天，起床的第一件事就是去檢視我的花苞，看它們一束又一束的綻放了，最後，成了一棵開滿花朵的小樹。那一天，我的快樂不可言喻，拍了照片傳給朋友，又貼上臉書、微博與更多人分享，其實是有點大驚小怪，但，這種成就感太難得了，我確實體驗到張

張曼娟藏詩卷 5

好潮的夢：快意慢活《幽夢影》

作　　者／張曼娟
企 劃 協 力／高培耘、李胤霆
責 任 編 輯／林秀梅

國家圖書館出版品預行編目 (CIP) 資料

好潮的夢：快意慢活《幽夢影》/ 張曼娟作 . -- 初版 . --
臺北市：麥田出版：家庭傳媒城邦分公司發行 , 2014.08
面；　公分 . -- (張曼娟藏詩卷 ; 5)

ISBN 978-986-344-141-0(平裝)

831.92　　103013373

副 總 編 輯／林秀梅
編 輯 總 監／劉麗真
總　經　理／陳逸瑛
發　行　人／涂玉雲
出　　　版／麥田出版
台北市 104 民生東路二段 141 號 5 樓
電話：(886)2-2500-7696　傳真：(886)2-2500-1966、2500-1967
發　　　行／英屬蓋曼群島商家庭傳媒股份有限公司城邦分公司
台北市民生東路二段 141 號 2 樓
客服服務專線：(886)2-2500-7718、2500-7719
24 小時傳真服務：(886)2-2500-1990、2500-1991
服務時間：週一至週五 09:30-12:00・13:30-17:00
郵撥帳號：19863813　戶名：書虫股份有限公司
讀者服務信箱 E-mail：service@readingclub.com.tw
麥田部落格／ http://blog.pixnet.net/ryefield
香港發行所／城邦（香港）出版集團有限公司
香港灣仔駱克道 193 號東超商業中心 1 樓
電話：(852) 2508-6231　傳真：(852) 2578-9337
E-mail：hkcite@biznetvigator.com
馬新發行所／城邦（馬新）出版集團【Cite(M)Sdn. Bhd】
41, Jalan Radin Anum, Bandar Baru Sri Petaling,
57000 Kuala Lumpur, Malaysia.
電話：(603) 9057-8822　傳真：(603) 9057-6622
E-mail:cite@cite.com.my

書封設計／林小乙
內頁設計／江宜蔚
插畫／ K.C.
篆刻／陳建樺
作者照片攝影／張萬成
印刷／前進彩藝有限公司

2014 年 8 月 1 日　初版一刷
定價／ 320 元
ISBN 978-986-344-141-0

潮所說的：「種花須見其開。」

只是花有開必有落，枝頭上最先盛開的花朵呈現出懨懨的樣子，顏色黯淡了，失去了光澤，透露即將凋萎的訊息，不久之後，整盆繁花都將枯敗，徒增惆悵。

人們喜愛月亮，尤其是圓滿皎潔的月亮，總讓我們抬頭望月時發出喜悅的歎息。李白有這樣的詩句：「小時不識月，呼作白玉盤。」連一個小孩子，也禁不住讚歎圓月的美好。然而，看見月兒升起是這樣的愉悅，等到月兒沉落時，又該有怎樣的依依難捨？

至於美人，我們的世界因她們的存在而多姿多采，卻也因她們的離開而抹上愁容。年輕時就死去的美人；薄命而坎坷的美人，總令我們有一種「天地不仁」的慨嘆。像是一代豔星瑪麗蓮夢露的猝逝；英國王妃黛安娜的意外喪生，都讓人扼腕傷感。然而，正因為她們的早夭，留在世人心中的形象反而是完美的不朽。

她們不會變老；她們的容顏不必飽受歲月的摧殘；她們的健康不會崩坍毀壞，她們不會聽見人們無情的評論：「天啊！怎麼老成這個樣子？」她們是永遠的美。

喜愛藏書的張潮，也為那些沒能完成的創作感到遺憾，就像是張愛玲說過的名言：「一恨海棠無香，二恨鰣魚多刺，三恨紅樓夢未完。」《紅樓夢》沒有寫完，無論後人如何續書，都無法令人滿意。然而因為《紅樓夢》未完，關於小說人物的命運與故事情節的轉折，留待讀者索隱及猜測，使得這部小說的閱讀有了更豐厚的意境與想像。如此說來，這並不是「虛設」，反倒是一種「實際」了。

究竟什麼是「實際」？什麼又是「虛設」呢？

我安慰過幾個因情傷而痛徹心扉的癡情人，他們沉溺在痛苦中，無法掙脫，不斷的問：「為什麼？為什麼會這樣？」寬解的話都說盡了，依然無法挽救那碎裂的靈魂，我只好使出殺手鐧，問那個至為緊要的問題，也是一切的核心：

「你現在知道失去她的痛苦了，如果可以選擇，你要選擇從來沒有遇見過她？還是遇見又分離，生不如死的創痛？」

癡情人的眼淚停止了，像是了悟了什麼，點點頭。

有些則是直接回答：「我還是要遇見她，否則，我覺得我的生命都浪費了。」

這樣看來，「不圓滿」也是一種「實際」啊。

或許，沒有熱烈愛過；沒有深深投入；沒有癡迷的執著；沒有受過傷；沒有在黑夜裡痛哭的生命，才是「虛設」。

繁盛的花開過，然後凋落了；圓滿的月生成，而後沉下去；美麗的人早夭，於是不朽了。這一切都不是虛設，在我們心中，是無比「實際」的存在。

潮語錄

關於 ｜ 相片 ｜ 朋友 ｜ 更多

張潮曰：所謂美人者，以花為貌，以鳥為聲，以月為神，以柳為態，以玉為骨，以冰雪為膚，以秋水為姿，以詩詞為心。吾無間然矣。

冒辟疆曰：合古今靈秀之氣，庶幾鑄此一人。

江含徵曰：還要有松蘖之操才好。

黃交三曰：論美人而曰以詩詞為心，真是聞所未聞。

阿曼曰：潮兄又云：「紅裙不必通文」，則心中何來詩詞？豈非強美人之所難也？

分享　　1416 個人都說讚

為什麼是你？

因著對於青春與美麗的妒恨，女人對女人痛下毒手。

才子遇才子，每有憐才之心；美人遇美人，必無惜美之意。我願來世托生為絕代佳人，一反其局而後快。

才子遇見才子，往往都會有憐才的心意；美人遇見美人，必定沒有憐香惜玉之情。我希望下輩子轉世投胎成為絕美的女子，一定要把這局面扭轉過來，才是痛快的事呢。

在雨果的《悲慘世界》中有個美麗而不幸的女人芳婷，她自食其力在工廠做工掙錢。因為她的容貌，工頭對她另眼相看，引起其他女工的妒嫉，那些女人每天辛苦工作餵養小孩，卻對於隱藏著私生女的芳婷毫無憐憫之心，故意揭發她的私密，指責她是個生活放蕩的女人。

其實芳婷只是單純的相信戀愛能帶給她幸福，卻讓那個以愛為名的大學生騙走了情感，留下一個私生女與無盡的生活重擔，給這個無辜的女人。

芳婷被趕出工廠，流落街頭，為了養活女兒，她賣掉了牙齒，賣掉頭髮，最終賣掉尊嚴，成為街頭妓女，潦倒貧病而死。

同樣身為女人，應該最瞭解女人的辛酸與痛苦，應該彼此扶持迴護，共度難關，結果卻是落井下石，因著對於青春與美麗的妒恨，女人對女人痛下毒手。

我們幾乎要相信張潮所說的，才子有憐才之心，美人無惜美之意了。

然而，假若真是如此，「自古文人相輕」這樣的話又是從何而來的呢？才子不一定有「憐才」之心，有真才實學與飽滿自信的才子，才能做到無憂無懼，真心讚賞他人的才華。

許多年前我剛開始寫作，還沒出書，偶爾參加幾場文壇的聚會，有位前輩作家像麻衣神相那樣的，對在場的年輕作家品頭論足。最活躍、高談闊論的那個女作家獲得最高評價，說是她的鋒芒畢露，將來一定是文壇最出色的人物。至於一直安安靜靜坐在一旁的我，得到的是最低的評價，因為我看起來「一點企圖心都沒有，不值一觀。」

沒多久我出了書，出人意料的變成暢銷作家，那位女作家也出書，卻沒有真的鋒芒畢露，眾所矚目。爾後我們各自在自己的世界裡勤奮前行，各有天地，然而，每次見到那位女作家，她的眼中總有著不忿，在態度和言談上明顯想要壓下我，冷嘲熱諷，令旁人都覺得不舒服。

在我眼中，她是成功的，她擁有的許多東西都是我羨慕的，然而，她始終對我難以釋懷。

有一次，在場的一位朋友問我：「妳又不是不會說話，為什麼不反唇相譏？」

我笑了笑，沒有任何表示。

因為我一直記得，幾年前我們在洗手間相遇，她喝了一些酒，攔住我的去路，問我：「為什麼？為什麼是妳不是我？」

我曾經介意過她的態度，我曾經思考過一味退讓是寬容還是懦弱？但在她那次的質問之後，我突然明白了，明白哪怕自己什麼事都不做，對某些人來說已經構成傷害，當我更努力的去自我完成，傷害的力道就更強。

然而，除了沉默和原諒，我不知道自己還能做什麼。

一個人把自己的成就看得那麼小，把別人的獲得看得那麼大，註定是要受傷害的，註定是不會快樂的。

至於古代女人多妒嫉，則是環境太小、資源太少的結果。男人的天地無限遼闊，任意翱翔，女人卻走來走去走不出自家院落，除了婚姻與家庭，再沒有別的舞台，於是，女人自小學會了爭寵。

爭寵，便是女人出人頭地的手段。

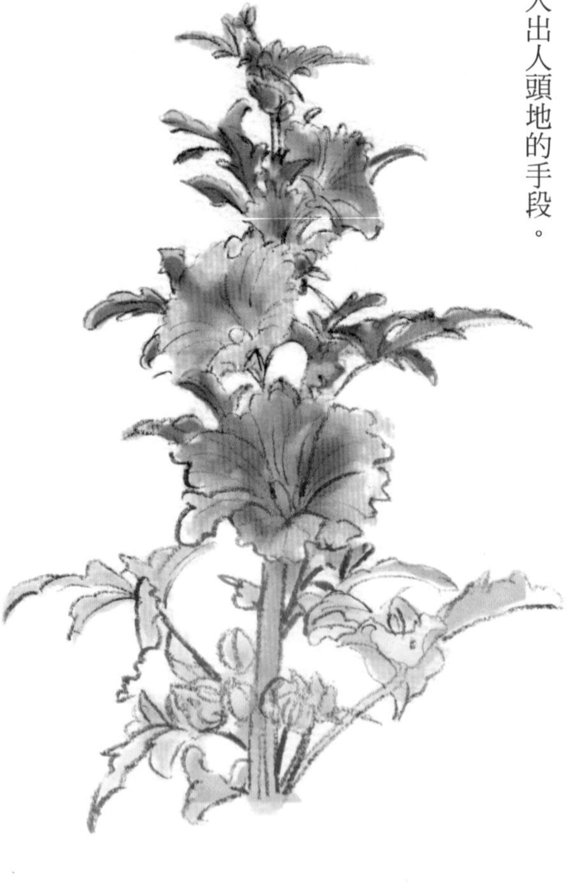

女人時時提防著比她年輕美麗的對手，搶走她好不容易得來的身分、地位與權勢。她必須保持警覺，防患於未然，在這樣激烈的競爭中，哪裡還有惜美之意？就算是張潮下輩子托生為女人，恐怕也難「一反其局」吧，這都是時勢使然。

現代女人的重心不只有婚姻與家庭，也像男人一樣海闊天空，於是，女人與女人之間的相互欣賞，彼此提攜，將女性的價值愈發彰顯出來。

「女人不要活在固定的框架中。」這是現代女人的幸福法則。

潮語錄

關於 | 相片 | 朋友 | 更多

張潮曰：予嘗欲建一無遮大會，一祭歷代才子，一祭歷代佳人。俟遇有真正高僧，即當為之。

顧天石曰：君若果有此盛舉，請遲至二、三十年之後，則我亦可以拜領盛情也。

釋中洲曰：我是真正高僧，請即為之。何如？不然，則此二種沉魂滯魄，何日而得解脱耶？

釋遠峰曰：中洲和尚！不得奪我施主。

阿曼曰：和尚奪施主，比無遮大會更好看。

分享　1673 個人都說讚。

釋遠峰，出家人。個人資料不公開。

顧天石，名為顧彩，號夢鶴居士，江蘇人。七歲就能作詩，十二歲已經出版了個人作品集。他最擅長的是詞曲創作和現場演唱，並且常常登台演出，與孔尚任結為莫逆之交。因為個人技藝精湛，巡迴教學，成為王牌導師，造就歌手與演員無數。

顧天石與孔尚任的好交情，表現在對彼此作品的「為所欲為」上。顧天石改編了孔尚任的《桃花扇》結局，孔也沒有生氣；尚任寫了新劇本的故事大綱，就由天石撰寫曲詞，兩人也沒有翻臉。

若有臉書，肯定是要加彼此為摯友的。

釋中洲，是南京清涼寺僧人，俗名海岳。年少時因政治因素，全家百餘口遭誣陷下獄，逢此大禍，年紀很輕的海岳毫不畏懼，挺身為自己和家人抗辯，展現了十足的勇氣。

父親過世之後，他從儒生轉而習佛，剃度出家，擔任過南京清涼寺、黃山慈光寺住持。詩文磅礴有氣勢，學識淵博，著作極為豐富，在當時是極享盛名的出家人。

看他和另一位出家人釋遠峰相互較勁，還真有趣。

我已站在你的門前了

莫名的想念一個人，因著這樣的想念而快樂或痛苦，都與那個人無關。

因雪想高士，因花想美人，因酒想俠客，因月想好友，因山水想得意詩文。

因為白雪想到了隱居的高潔之人，因為花朵想到了美麗的女子，因為酒想到了瀟脫的俠客，因為月亮想起分別的好友，因為山水而想到自己得意的詩文。

看見瑩白的冰雪，便想到高風亮節的隱士，古代就有這樣的一個故事，說的是大書法家王羲之的第五個兒子王徽之，在大雪之夜的任誕行徑。

徽之當時隱居在紹興，某個寒冷的冬天夜半，大雪紛飛，天地一片銀裝素裹，無比皎潔寧靜。他從夢中醒來，再也睡不著，於是打開了門，面對著皚皚白雪，命人酌上好酒，自顧自的飲完一杯又一杯，心中湧起一股幽微的情緒，他強烈的想念隱居的友人戴安道。

這想念突如其來，卻又無法遏止，只有一個方法可以熄滅燎燒的火燄——立刻動身，前往戴安道居住的剡溪。

不願等到天亮，此刻必須出發。

王徽之乘著小船在水上航行一整夜，水面比陸地寒冷，深夜的風比白天更刺骨，但他都無所畏懼。天亮之後，終於抵達戴家門前。徽之稍稍站立片刻，便上船回家去了，根本沒有敲門，也沒有見到戴安道。

當時的人聽見這樣的事，都覺得不可思議，問他為何做這麼奇怪的事？王徽之回答：「我是趁著一股興致，踏上訪友的路途。到達目的地，我的興致已得到滿足了，又何必一定要見到戴安道呢？」

當時的人無法理解，於是認為這是一種莫名其妙、任性荒誕的行為。

一千六百多年之後，我卻很想穿越那個雪夜，找到小舟上髮鬚結了冰花，心中卻澎湃著熱情的王徽之，告訴他：「我理解你，你是一個真正的性情中人。」

對於另一個人的想念，是我們自己的事，我們莫名的想念一個人，因著這樣的想念而快樂或痛苦，都與那個人無關。

況且，戴安道是一個隱士，他想要的是一種隱逸的，不被打擾的生活。假若每個想念他的人都來拜訪他，一天到晚接待應酬，送往迎來，何隱之有呢？

王徽之是一個真正的性情中人，他表現出情感中最高貴的「體貼」，他的行為既不任性也不荒誕，反而是難能可貴的動人情懷。

雪夜裡，懷著對高人的想念出發，在旅途的終點，不見而返。完整了自己，也成全了對方。

關於想念這樣的情懷，胡適寫過一首小詩：「也想不相思，可免相思苦。幾次細思量，情願相思苦。」姑且不論這首詩寫的好不好，卻極準確的寫出了人在相思之中的無奈與甜蜜。相思或是想念，都是情不自禁的，因為常常懸在心上，一有觸動，便漫延開來，成為一片相思海。

想念，其實也是聯想作用的大規模運作。

盛唐時的李白，被多情帝王玄宗一紙詔書召進宮裡，為的卻是帝王與年輕戀人楊貴妃的愛情，需要一個御用的情歌填詞人。李白當然感到失望，鎮日裡以酒解千愁。

醺醺然的春日，卻被牡丹花的繁盛馥郁與貴妃的豐腴豔麗所震動，揮筆而就「雲想衣裳花想容，春風拂檻露華濃。」、「名花傾國兩相歡，常得君王帶笑看。」這樣的詩句，為名花與美人寫下不朽的對照記。

至於酒與俠客，月與朋友的聯想，都是想當然爾的。而山水與文章的聯想，若沒有實際經驗是很難理解的。

想到什麼就寫什麼，而能引人入勝，欲罷不能，大概只有極少數的天才型作家可以做到。大多數的作家，在創作之前，都要經過一段時間的醞釀、布局、字斟句酌，精密審慎的規畫之後，才能下筆。

我一向同意，作家或許是感性的，但不同意寫作是感性的事，那段推敲的歷程，是很理性的。經過許多謀算之後完成的篇章，還要能夠達到一氣呵成、淋漓盡致的效果。文章完成了，讀者只覺得精采，卻不會知道背後的心血。

做為一個作家，當我面對大自然鬼斧神工的奇山妙水，除了讚歎，也不免想到自己曾經寫過的某一篇嘔心瀝血的作品，彷彿在那一刻獲得了安慰。

觀看者了不了解創作者的用心，似乎不再重要，重要的是觀看者確實被感動洗滌了，甚至他們的生命受到影響，成為不一樣的人。

一般人看見的是山水的壯麗，創作者看見的是造物者的苦心孤詣。

潮語錄

關於 | 相片 | 朋友 | 更多

張潮曰：樓上看山，城頭看雪，燈前看月，舟中看霞，月下看美人，另是一番情境。

江允凝曰：黃山看雲，更佳。

倪永清曰：做官時看進士，分金處看文人。

畢右萬曰：予每於雨後看柳，覺塵襟俱滌。

男 **尤謹庸曰**：山上看雪，雪中看花，花中看美人，亦可。

分享　1568 個人都說讚。

江允凝，名注，安徽人，他是著名畫家僧漸江的傳人，在山水畫的藝術成就上，得到真傳，嶄露頭角。允凝後來也出家了，隱居在黃山上，與煙霞為伍。

若他能在臉書上日日以繪圖報氣象，多麼別出新裁啊。

倪永清，個人資料不公開。

畢右萬，個人資料不公開。

和快樂牽手

將這些輝煌的片段保留在記憶裡，讓它成為生命裡珍貴的寶藏，以抵禦失落與挫折來襲。

當為花中之萱草，毋為鳥中之杜鵑。
應該成為充滿喜悅的萱草，而不要成為啼叫悲音的杜鵑鳥。

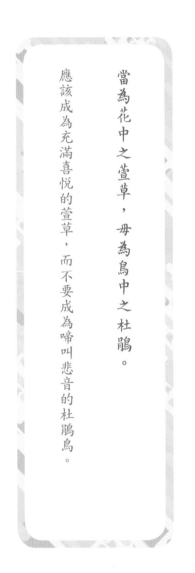

萱草又名金針，可以入藥，也是一種菜肴，金黃的花色開放時，像一朵小小的太陽。古代有個孝子必須出遠門工作，為了怕母親思念擔憂，便在母親居住的北堂種滿萱草，當花開的時候，千百個小小的太陽溫柔的照耀著，讓母親見而忘憂。因此，萱草又被稱為忘憂花。

美麗的花有千萬種不同的顏色與姿態，卻只有這種花是能讓人見而忘憂的。

杜鵑鳥的神話則充滿哀傷的情調。據說古代蜀國有位殫精竭慮治理國家、愛民如子的君王，名叫杜宇，號望帝。因為洪水漫延，百姓苦不堪言，望帝與臣子皆束手無策。有個叫做鱉靈的人頗識水性，望帝便用他為宰相，期勉他解除水患，挽救黎民。

鱉靈用大禹疏導的方式，治水成功，於是望帝將帝位禪讓給這位良相。

望帝退隱不久之後死去，化為杜鵑鳥，每到春天便發出「布穀，布穀」的啼叫，催促百姓農耕。

而他們的國家被野心勃勃的秦國滅亡之後，蜀人聽見杜鵑的叫聲就成了「不如歸去」的思念故國之音了。甚至人們還創造了杜鵑啼血這樣的說法，強化了杜鵑鳥的悲情，於是，杜鵑成為一種哀傷的標記。

我的少年時期，應該就是一隻憂傷的杜鵑鳥吧。多愁善感的個性，使我看見的尋常事物，都有著不尋常的感受，而我又是個偏向灰暗思想的人，一切的哀愁都被放大了。春天裡花朵恣意的綻放，人們看見的是春光明媚，我卻覺得這是凋謝毀壞之前最後的榮景，其實預兆著荒涼。

朋友們聚在一起歡樂談笑，我卻坐在角落想著，相聚時縱然美好，但分別時豈不是更加淒涼孤單？因此，一點也不開心。

這些憂傷及善感，使我成為一個作家。

當我成為一個作家，對人生有了更多理解與思考，卻成了另外一個人。

我察覺到生命裡的美好都要毀壞；我體驗到所有的歡聚都以分離作結；我感受到那些令人快樂的事日後皆讓人落淚，我明白無常就是必然，那麼，當美好、歡聚與快樂降臨的時候，怎麼能不好好把握住，盡情享受呢？

不僅如此，還要將這些輝煌的片段保留在記憶裡，讓它成為生命裡珍貴的寶藏，以抵禦失落與挫折來襲。

與我相識多年的朋友，都發現了我的改變，以前動不動就掉眼淚的那個慘綠少女，讓他們感到緊張，每當我在場，大家都有些拘束，生怕一不謹慎又觸動了我的敏感多愁。現在的我開朗詼諧，總令朋友發笑，他們詫異於這樣的改變，於是我自我解嘲的說：「我從林黛玉變成劉姥姥啦。」

我喜歡這樣的改變，希望有一天，當我從這世上離開，留給人們的回憶，都是歡欣的笑聲。

我認識一個年輕男性朋友嘉民，在電影公司上班，有時候能拿到一些試映券，便和朋友分享，也因為這樣，他認識了許多朋友。其中有兩個女孩，都是因為看試片結識的，一個叫作茉莉，長得很漂亮，只是很少有笑容，另一個叫敏敏，長相雖然不出色，卻是朋友們的開心果。

嘉民原本對茉莉特別有好感，覺得她籠罩在一股憂傷的空氣裡，格外幽靜美好。然而，他發現那是一條難以通行的道路，每當他拿到試映券邀請茉莉看電影，茉莉從來沒有表露出一點開心的樣子，她可有可無的問：「你沒有人可以送了嗎？」

嘉民判斷這應該是拒絕的意思了，而當他詢問敏敏有沒有興趣看電影？敏敏總是興高采烈：「我怎麼那麼幸運啊？又有電影可以看了！」

嘉民發現，每一次他掛掉茉莉的電話，心情都很低落；而和敏敏講完電話，就覺得很開心。

茉莉與他看過兩、三次電影，看完之後談的話題都是悲觀與負面的，有時

用黑幽幽的眼睛瞅著他，讓他覺得胸口像是壓著重物，呼吸有些吃力。

敏敏常和他看電影，有時還帶著朋友一起來，笑嘻嘻的聊著許多有趣的話題，嘉民覺得和敏敏相處好愉快，連和她的朋友聊天也很輕鬆。

在他忙完許多煩瑣沉重的事務，想要約朋友一起看電影或是吃飯，不假思索的就撥電話給敏敏。有時候他也想到自己最初的心動感覺，於是試著和茉莉連絡，茉莉依然是酸酸的口氣：「怎麼突然想起我啊？真難得呢。」

一直和兩個女孩保持朋友關係，拿不定主意的嘉民，漸漸摸清了自己的心意。雖然敏敏不是他的夢中情人，然而，他被敏敏歡愉的生命狀態所吸引，他喜歡她笑起來不整齊卻稚氣的牙齒，他喜歡她轉個不停忙著找樂子的迷人腦袋，是的，他喜歡這個快樂的女孩。

嘉民和我聊到他的選擇與改變，他說他以前想像的伴侶，是愛情小說中那種多愁善感、纖細敏銳的典型，等到真的展開感情關係才發現，那樣的沉重不是他能夠負荷的。他希望自己的生命向上提昇，他需要的伴侶，是可以牽著彼此的手，往喜悅的路途走去。

我說我可以明白他的選擇，做一個快樂的人，把正面能量傳播出去，正是我此刻的願望。

蝴蝶愛上花，不只一朵

不斷的戀愛，就是一種刺激的變動，像是一個個小宇宙的生成又崩毀，其實對創作有利。

蝶為才子之化身，花乃美人之別號。

翩翩飛舞的蝴蝶，是才子的化身；靜靜綻放的花朵，是美人的別名。

我在課堂上盡情敘述著，五四時代文學家的創作風格與人生故事，講到有些忘我了，但我注意到台下幾個女生交頭接耳，時而撇撇嘴，眼神裡有些不以為然。當我的眼光望向她們，她們又安靜下來，若無其事的樣子。

下課之後，那幾個女生彼此推來推去，往講台的方向緩緩移動。

「老師！我們有問題……」其中一個女生囔囔著。

她們的問題是，這些男作家的才情與成就都沒話說，但是他們的情感生活為什麼這麼不忠實？才寫了篇文章真心誠意的哀悼過世的妻子，過不了多久就娶了新妻子。或者是某個詩人一下子愛這個女人，一下子又愛上另一個女人，反而把自己明媒正娶的妻子拋在腦後。

「必須不斷戀愛，才能得到靈感嗎？」女生問。

我突然想起那位活了九十二歲，一輩子都在戀愛的畫家畢卡索。

德國某個美術館曾經舉辦過「畢卡索和他的女人們」，展出畢卡索繪畫的女人圖像，幾十個女人經過他的生命，為他帶來鮮明的刺激，宛如他的繆思降臨。真正與他發生過長久關係的女人有七位，包含了兩位妻子，以及情人與女友。

這樣的一位藝術大師，一輩子的學習和追求，是希望可以「像孩子那樣的畫畫」，與他面對愛情的方式，如出一轍。

孩子在生活中蒐集一切吸引他的東西，如果給他一個小籃子，讓他採摘美麗的花朵，他不會意識到籃子裡已經有了喜愛的花，他想的是把籃子裝得滿滿的。

畢卡索憑著生命的衝動作畫，也是這股衝動引導他去愛許多女人，他有時被某個女人的獨立自我吸引；有時純粹只是愛戀女人青春的胴體；有時又期待他的女神能安頓他的身心魂魄，就像一隻永不疲憊的蝴蝶，飛舞在繁花之間。

與不同的女人戀愛，畢卡索便換居住、換朋友、換寵物、換生活方式，甚至轉換了畫風，進入一個嶄新的藝術時期。

多數人對生活的要求都是安定，藝術家要求的其實是變化與刺激，不斷的戀愛，就是一種刺激的變動，像是一個個小宇宙的生成又崩毀，其實對創作有利。

「這樣的男人太自私了，那些女人怎麼辦呢？」女生依舊感到不平。

曾經，我也是這樣想的。

那些藝術家或是才子，為了創作的靈感，生活的美妙，追求著一個又一個女人，女人成了靈感的灰燼，祭壇上的犧牲。

然而，閱讀過愈來愈多藝術家的故事，我發現，那些女人不只是被藝術家選擇，她們也選擇了藝術家為戀人。

那個十八歲就和畢卡索同居的女人，自述被那雙燃燒著火燄與巨大熱情的眼睛注視著，難以自拔的神奇經驗。與一個才華洋溢的人墜入情網，確實是無

與倫比的。某個自主性格強烈的女性，與畢卡索熱戀又分離，曾經說過這樣一句話：「After Picasso,only God.」在相戀的那一刻，是對等的關係，是心甘情願的緊密連結，也就談不上自私或是犧牲了。

然而，面對著那些年輕的，對愛情滿懷憧憬的眼眸，我終究沒有做出明確的評斷。我只是想，做為一個創作者與女人，又該有怎樣的飛翔與綻放呢？

潮語錄

關於 ｜ 相片 ｜ 朋友 ｜ 更多

張潮曰：筍為蔬中尤物，荔枝為果中尤物，蟹為水族中尤物，酒為飲食中尤物，月為天文中尤物，西湖為山水中尤物，詞曲為文字中尤物。

張南村曰：《幽夢影》可為書中尤物。

陳崔山曰：此一則，又為《幽夢影》中尤物。

阿曼曰：潮為男子中尤物。

分享　1323 個人都說讚

張南村，名惣，字僧持，南村是他的號。他曾寫過一篇文言短篇小說〈萬夫雄打虎傳〉，據說白話小說也寫得不錯。會寫小說的人，看文字也挑剔些，他稱《幽夢影》為書中「尤物」，真的是至高評價了。

陳崔山，個人資料不公開。

輕輕拾起地球

情感的能量，能夠遊走於永恆與現在之間。

情之一字，所以維持世界；才之一字，所以粉飾乾坤。

就因為有「情」這個字，才能維持著世界的法規正常運作；也是因為「才」這個字，方能將天地萬物描繪得更美好。

人們常常認為，維持著這個世界的規律和運行的，是理智與法規，使每個人都能各安其位，各司其職。表面上看來似乎真是這樣的，仔細思考卻發覺，在理智與法規的底層，其實有股更強大的動能，激發著我們的生命力，那就是令我們付出不問收穫，傾盡所有而無怨無悔的情感。

在小學堂裡，我曾經被這樣的場景所感動。一個疲憊的母親來接孩子放學，發覺孩子該背的書還沒背完，應該訂正的錯字也沒訂正，母親幾近崩潰的拍擊孩子的桌面：「跟你說過多少次，該做的事情自己要做好，你為什麼總是不聽話？」

孩子有些害怕，也有些羞愧，低下頭不說話，與母親對峙著，片刻之後，母親嘆了一口氣，把鉛筆塞進孩子手中，溫和安撫的對他說：「那你跟著老師好好改錯字，媽媽在外面等你喔。」

看著那個母親獨自走出教室的背影，我知道這不是她頭一次感到沮喪無助，也不會是最後一次。

在教養的道路上，孩子的專注力不足，或是過動、逃避的種種狀況，都是她想像不到的，也是她應付不了的。然而，做為一個母親，她只能承受一切，一次又一次的修補自己的心，好像從來沒受過傷那樣。

我想起兩個星期前，我們讓孩子手繪母親節卡片，並且寫下感謝與祝福，那孩子寫的是：

「謝謝媽媽。妳為我做好吃的東西，帶我去好玩的地方，雖然生氣但是都會原諒我。我沒有見過天使，但是我想天使的樣子應該跟妳一樣。」

孩子終於訂正完錯字，背完了書，背起書包開心的衝到家長休息區，大聲的喊著：「媽媽媽媽！我都好了！」

已經等待半個小時，正在看雜誌的母親抬起頭望著孩子，她的臉上滿是笑容，牽住孩子的手說：「寫字寫得手黑黑的，要不要去洗一下？」

我看著他們母子倆走出門去的背影，久久捨不得收回眼光。

一切都是因為情感啊，讓孩子奔向母親的懷抱，永遠不會迷失方向；讓母親總是疼愛著孩子，哪怕受挫折也不屈不撓。

我聽過許多男人願意成為某個女人的守護者，就算知道這份愛不會有回應，依然無怨無悔；我知道許多女人定定守住一事無成的男人，就算在別人眼中看見的男人是個失敗者，依然感覺幸福。拋開理智的計算，當我們動用感情的時候，得到的快樂是無法丈量的。

而有才華的人一枝創作的筆，卻能夠翻雲覆雨，顛倒乾坤。

在魯迅的〈狂人日記〉這篇小說中，假借狂人的觀點，對保守封建的舊社會做出許多抨擊和質疑：

「我還記得大哥教我做論，無論怎樣好人，翻他幾句，他便打上幾個圈；原諒壞人幾句，他便說『翻天妙手，與眾不同。』」

這正是古今文人才子最喜歡表現的本領了，無論多麼完美的人都會有瑕疵，抓住那個小陰影，窮追猛打，也能反白為黑，讓他萬劫不復。

不管多麼令人不齒的人，也能有一點可取之處，不斷強調渲染，也能令人改觀，引人同情，甚至覺得他的一切惡行都是情有可原的。

醜化與美化，往往出自同一枝筆。這也就怪不得當權者對於有才氣的文人，總是又忌憚又喜愛了。

多半的時候，我們仍感謝作家的生花妙筆，為我們留下永恆的文學圖像。就像是朱自清描寫父親的背影，一個在現實世界中失敗甚至失職的父親，令兒子產生了背離之心，卻在翻越月台買橘子的那個瞬間，樸拙努力而不放棄的背影中，與兒子達到了和解。

不管日後還得發生多少齟齬和失望，多少緊繃與毀壞，那個背影都是永恆的了。充滿情感，甘願付出的那個背影，也成了千千萬萬個父親的象徵。

這一天，當我正寫著這篇文章，突然傳來詩人周夢蝶先生離世的消息。詩人已經九十幾歲了，近年來身體健康狀況並不好，是眾所周知的，可是，知道了這個訊息，依然覺得感傷。心中像是挖空了一塊，又好像世界發生了傾斜，我有著欲墜的不安，只得趕緊找出詩人的作品緩緩誦讀：

〈**剎那**〉　周夢蝶

當我一閃地震慄於
我是在愛著什麼時，

我覺得我的心
如垂天的鵬翼
在向外猛力地擴張又擴張……
永恒——
剎那間凝駐於「現在」的一點；
地球小如鴿卵，
我輕輕地將它拾起
納入胸懷。

從詩人的字句中，再度印證了情感的能量，能夠遊走於永恆與現在之間，能夠感受到自己變得這樣巨大，法力無邊，地球只像是一個輕盈渺小的鴿卵，可以溫柔的擁入胸懷。

這是抒情的力道，也是才華的魔法。

潮語錄

關於 | 相片 | 朋友 | 更多

張潮曰：情必近於癡而始真，才必兼乎趣而始化。

陸雲士曰：真情種，真才子，能為此言。

顧天石曰：才兼乎趣，非心齋不足當之。

男 **尤慧珠曰：**余情而癡則有之，才而趣，則未能也。

分享　1133 個人都說讚

陸次雲，字雲士，號北墅。浙江錢塘人。曾經擔任過知縣，是個頗有政績的好官，也有詩文創作。以他對張潮的理解，應該也是個「情種」、「才子」這樣的人物。曾經寫作出版過《圓圓傳》，果然對美女與浪漫情感特別鍾情。

靜靜的愛住一個人

一個真正深情的人，會一直專注的愛下去的。

多情者不以生死易心，好飲者不以寒暑改量，喜讀書者不以忙閒作輟。

情意厚重的人，不會因為生死相隔而改變心意；喜好飲酒的人，不會因氣候冷熱而變更酒量；喜愛閱讀的人，不會因為工作忙碌而停止閱讀。

興宇是我的讀者，從他念大學時就常寄一些畫作給我，通常是讀了我的書之後的心得，只是他的表達方式不是文字，而是繪圖。他說他的願望是當一位美術老師，但是基於現實考慮，最終成為數學老師。而他總是用圖畫來教學，也使他受到熱烈歡迎，成為學校裡的風雲人物。

這樣一個相貌堂堂的有為青年，炙手可熱的單身男子，四面八方要為他牽紅線的人絡繹不絕，他也不太抗拒的赴了幾次約會，卻一直沒有安定下來。

「我發覺我真的沒有辦法，在感情這件事上一點也不能湊合。」在我們認識十年的一次晚餐時，未滿三十歲的興宇這樣對我說。

他有點不懷好意的接著說：「一定是因為看太多妳的書了，中毒已深。」

興宇說他再也不想相親了，他已經強烈感覺到，他的至愛不會出現在這樣的場合中。

「你覺得人生真的會有『至愛』這樣的事出現嗎？」我問。

說實話，在人生道途上追求愛，追求了大半輩子的我，對才開始追求愛的年輕男孩這樣問，真是又遜又弱啊。

他鎖起眉來，努力思考一會兒，然後回答：

「我也不知道會不會有『至愛』，但是，總是值得追求的。是吧？」

我看著他，點點頭。

「那我們敬至愛吧。」他笑著舉起酒杯，輕輕敲上我的酒杯。

不久之後，數學老師興宇的世界起了一些變化，是因為一位新調來的音樂老師琦琦，她據說是和交往了多年的男友分手，才轉調到這間學校的。

音樂老師很有活力，帶著學生演音樂劇，需要布景和道具，向同事們求援，興宇當然自告奮勇幫忙。音樂劇演得很成功，琦琦請大家吃飯，她的請客方式也很特殊，不是餐廳而是野餐。

興宇怕她一個人忙不過來，於是又自告奮勇的陪她去採買，直到圓滿結束之後的善後工作，全程參與。

那一天，他很興奮的跟我說音樂劇的演出多麼有趣；草地上的野餐和音樂會多麼溫馨；琦琦為孩子們帶來多少改變，等等，那麼興高采烈。

「琦琦，琦琦，琦琦。啊？」我有意取笑他。

他警覺的停下來，明白了我的暗示，於是，習慣性的再度鎖

起眉，片刻之後，他說：「不可能的，她比我大九歲呀。雖然她看起來很年輕，有時候簡直像個小女孩，可是，怎麼有可能？」

我小口啜飲著叫做「夢」的日本酒，梨果香氣緩緩裹住口腔，可能或不可能，豈是我能回答的問題呢？

再一次見面時，一向開朗的興宇有些小小的不同，他安靜沉穩了一些，彷彿也添了點淡淡的哀愁。

「我今年三十歲了。」他說：「為了對自己的生命負責，我要勇敢面對真實的感情，所以，我向她告白了。」

這次不是自告奮勇，而是告白奮勇。

興宇發現了自己無法再逃避的情感，他趁著琦琦搬新家時，畫了一幅野餐圖送給她，並且向她告白。結果卻比想像更挫折，琦琦立刻哭起來，拜託他不要介入她的生活，不要擾亂她好不容易平靜下來的心。

琦琦也坦白告訴他，自己當年去歐洲留學，曾發生嚴重車禍，雖然看起來平復得很好，卻無法生育了。而興宇是獨子，父母親對他是有期待的。

「如果我們真的在一起，我只會痛苦，不會快樂的。」琦琦這樣說。

他們懇談了幾次，決定只當朋友，不再談感情的事了。

「就這樣？」我問他。

「她的壓力太大了，我不想讓她那麼痛苦。」興宇說。

「那好吧。你繼續你的尋覓至愛之旅吧。」我拍拍他的背。他將面前的酒一飲而盡，悶悶的嗯了一聲。

我並沒有聽見興宇繼續尋覓至愛的消息，倒是和朋友琦琦四處去玩，他們一起去觀賞藝術表演，一起騎腳踏車環島，一起去露營野餐，兩年多來「一起」做了許多事，但，仍然只是朋友。

「她或許不需要愛情，但她總需要人作伴吧。」這次見面時，興宇這樣對我說。

他已經完全被這段感情馴化了，現在的他覺得婚姻根本是沒有必要的，他也覺得小孩不會是他未來人生的考慮了，他說著這些新的想法，描繪著新的人生，神態愈來愈平靜，竟有了幾分參禪的意味。

「人生可能很長，也可能很短。遇見一個難得的人，覺得人生特別短，每一天都不想浪費。」他說。

「這樣對你繼續尋找至愛不會造成影響嗎？」

「不會的。」他回答得很迅速，沒有鎖眉或思考。到底是不會有影響？還是不會再繼續尋找呢？

「我是一個很專注的人。」興宇接著說。

我的心受到了深深的撼動。

決定了，靜靜的愛住一個人，就不會再改變了。不管這條愛的道路行不行得通，不管這份愛有沒有正名，算不算成立，一個真正深情的人，會一直專注的愛下去的。

潮語錄

關於 | 相片 | 朋友 | 更多

張潮曰：萬事可忘，難忘者名心一段；千般易淡，未淡者美酒三杯。

張竹坡曰：是聞雞起舞，酒後耳熱氣象。

阿曼曰：銘心刻骨，誰能或忘？

分享 1133 個人都說讚

世界不可能被征服，
也不需要征服，
能夠接受真正的自己，
就是了不起的事。

接受自己，也接受別人，
乃是最高境界。

一條虛擬的跑道

看不見的那一條虛擬的跑道，或許就是他的康莊大道。

能閒世人之所忙者，方能忙世人之所閒。

能在一般人忙碌的事物上偷閒，才能投入的去做一般人覺得不那麼要緊的事。

閒與忙，其實是一種生活價值的選擇，許多人認為，活在這個世界上，最值得追求的不外「名」、「利」、「權」這幾件事，與這些事無關的，都算是閒事了吧。

念書的時候，老師最常跟我們說的就是：「不要花時間看那些閒書，對你們的未來一點用也沒有。」

除了教科書以外的書，都被視為閒書，讀來只是為了消遣的，一點用也沒有。

偏偏我最喜愛的就是閒書，書包裡永遠藏匿著一、兩本小說，讓我哭讓我笑的是閒書，讓我沉迷到廢寢忘食的也是閒書。

當我的同學們挑燈夜戰，演算數學題，或是背熟化學元素表，我卻陷溺在一個個小說家巧妙的形容詞中如癡如醉。我把他們的詞彙翻來覆去的研究拆解著，這些字詞的組合怎麼能產生這樣的情感能量呢？這樣一句對白為什麼竟讓我心中絞痛不已呢？如果這個字不這麼寫，會產生什麼效果呢？

同學們在練習簿上寫滿算式，或是抄滿筆記，我在練習簿上寫著一篇篇自以為是的「小說」，而在我身後，是父母親擔憂的眼睛。

聯考，是每個國中生的宿命，也是少年們拚搏的目標，大家竭盡全力往前跑，我也在跑，跑在一條與大家完全不同的，虛擬的跑道上。

沒有人想到，這條虛擬的跑道竟然愈跑愈真實，最終成為了我一生的皈依。

我大半生都以創作「閒書」為重要工作，因為閒書的寫作和出版，也讓我忙得不可開交，忙得充實而快樂。

美國總統歐巴馬的就職典禮上，最吸引我們注意的，恐怕是總統夫人蜜雪兒身上穿的禮服，出自台裔設計師吳季剛這個亮點。

二〇〇九年蜜雪兒在總統就職典禮時，穿的是雪白色的長禮服，襯著她黝黑肌膚，對比而強烈，卻又有著新娘的聖潔感，豔驚四座。人們感到吃驚的，不僅是台裔設計師擊敗全世界頂尖設計大師，雀屏中選，更因為這位後起之秀，只是個二十六歲的大男生。

四年之後，蜜雪兒再度穿著吳季剛設計的禮服，在就職舞會上亮相。

那一襲紅寶石天鵝絨長禮服翩然出場，真令人忍不住驚呼，實在太美了。從雪白到鮮紅，彷彿是一個有影響力的女人的生命劇場，敘述了這四年來的經歷與蛻變和能量。於是，大家明白了，三十歲的吳季剛不僅是好運而已，他的實力和才華展露無遺。

美國歷史博物館為了紀念成立一百年，舉辦「第一夫人」展覽，特意從白宮借了這件紅色禮服作為展示品。吳季剛的母親在參觀展出時，回憶起童年的吳季剛，是個與眾不同的小男生，他不愛汽車、槍砲這一類的玩具，最喜愛的就是芭比娃娃。

為了他的癖好，父母和他自己都承受著異樣眼光，卻沒有退卻。甚至為了給他適合的環境與學習空間，舉家移民到加拿大，支持他走一條與眾不同的道路。男生喜愛娃娃、蒐集娃娃、創作娃娃，在許多人眼裡，都是鬧到不能再鬧的事吧，誰知道，這一切竟造就了揚名國際的時尚設計大師。

在美國毫無人脈的吳季剛，想要在時尚界闖出名號比登天還難，為了有機會接近時尚名流，他在紐約知名夜店打過兩年工，從在門口幫賓客掛外套大衣開始，直到點菜、端盤子貼身服務。他結識了許多專業名人，建立了自己的人脈。

當吳季剛第一次有機會在紐約職業秀場辦服裝秀，卻也正是他大學即將畢業，要繳交畢業作品的時候，但是全力投入服裝秀的他，根本沒時間理會畢業作品，理所當然的，他的服裝秀辦得成功，卻畢不了業。

父母親為此感到遺憾，他對母親說：「請原諒我沒有畢業，但總有一天，我會讓學校還我一張畢業證書。」

當蜜雪兒穿著吳季剛的作品，在全世界的注目下美麗登場，學校立即宣稱，

吳季剛是他們的畢業生，儘管他從來沒有拿過畢業證書。

真正認識自己的人，選擇的道路不見得與其他人一樣，許多人在意的事，也不見得對他有意義。我們看不見的那一條虛擬的跑道，或許就是他的康莊大道。

潮語錄

關於 | 相片 | 朋友 | 更多

張潮曰：發前人未發之論，方是奇書。言妻子難言之情，乃為密友。

采 **孫愷似曰**：前二語是心齋著書本領。

畢右萬曰：奇書我卻有數種，如人不肯看何？

阿曼曰：有奇書亦不看，情同古今矣。

分享　1568 個人都說讚。

孫愷似，名致彌，蘇州人。他是苦學出身的貧家子弟，書念得好，反應更是敏捷。還沒考上科舉，就被皇帝召見面試，而後派到韓國當採詩使呢。

等到真的考上科舉，當了官，反而頗多牽連風波，差點遭到殺身之禍。這種險厄時刻，還是多分享一些人蔘雞評比與韓服潮流安全點。

孫愷似的詩寫得好，書法更是一絕，下次去韓國留意一下，說不定能見到他的墨寶。

畢右萬，個人資料不公開。

我的隱身術

悠閒的時刻，我才是自己的主人。

人莫樂於閒，非無所事事之謂也。閒則能讀書，閒則能遊名勝，閒則能交益友，閒則能飲酒，閒則能著書。天下之樂孰大於是？

人生最快樂的事就是有閒情，閒情可不是成天什麼事也不做。有閒情才能讀自己想讀的書；有閒情才能遊名山勝水；有閒情才能謹慎挑選有格調的朋友；有閒情才能品味美酒；有閒情才能著書立說。
天下還有比閒情更大的快樂嗎？

那時我正在香港擔任公職，經歷了一整天的繁瑣公務，有許多枝枝節節總也擺不平的惱人情緒，如影隨形。

從高聳低溫的辦公大樓走出來，原本要接我回家的公務車也出了狀況，司機建議我搭計程車回家去。我說我先走幾步再叫車吧，轉了個街角，念頭一動，我的腳步從計程車招呼站離開，走向了碼頭。

走過幾道天橋，上下幾次階梯，早已除下了外套和絲巾，身體漸漸暖和起來，腳步也輕盈了。我捨棄了極有效率的地鐵、相當便利的計程車，寧願走一段路程，為的是搭乘天星小輪，讓那已經行駛一百多年的渡船，用一百多年前的速度，緩緩的，帶我越過淺淺的海灣。

在緊張、忙碌的高壓生活中，找到舒緩下來的方式，讓時間的催逼找不到我，這就是我的隱身術。

有時候，我也會選擇行駛於港島的百年電車，從擁擠的人群中抽身而出，登上木製車廂，揀一個二樓的座位坐下，展開一段慢速小旅行。

曾經，有個朋友跟著我坐上電車，晃了幾站之後，她問：「這是不是太慢啦？我們搭地鐵不是快多了？」

「慢慢的才能看見窗外的景色啊，妳放輕鬆，好好的感受這個城市吧。」

我對她說。

於是，我們從銅鑼灣、灣仔、金鐘、中環，一直到了上環，車外的建築和街景不斷變化，彷彿翻閱著香港百年歷史圖冊。朋友的眼光再也移不開了，她甚至捨不得下車。

電車轉到西環，前座的她忽然轉頭問我：「現在是不是很靠近海啊？我聞到很濃的海的味道。」

我還來不及回答，兩旁迤邐綿延的海味街已經出現了。那麼濃厚的，海的氣味，正是販賣南北貨的舖子裡傳出來的。

朋友那一次來香港的目的是出差，她開了三天的會，也進出許多高級的米

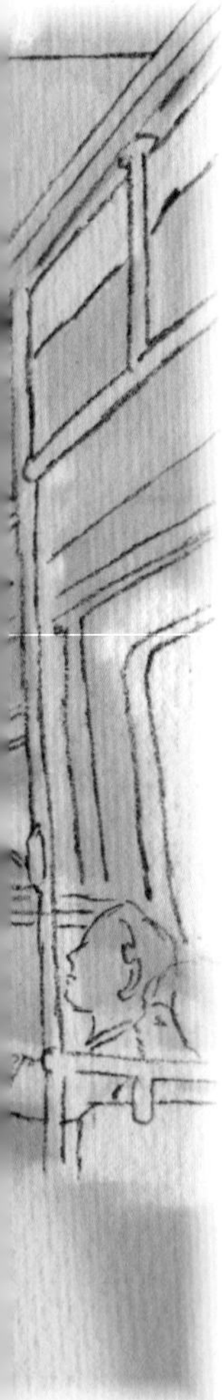

其林餐廳，一路踩著行程表上的時間前進，沒有一絲誤差。但是，她說她最難忘懷的美好經歷，是搭乘電車的那一個半小時。看起來似乎是無所事事的九十分鐘，卻是最豐盈的時光。

無所事事的人，其實是感受不到「閒」的；忙碌不堪的人，卻根本不敢讓自己「閒」下來。

兩年前我決定寫作這本書，但是已經陷溺在日常的忙碌漩渦中，難以自拔，於是，決定短暫離開台灣，到熟悉的香港去住一個月。

我在最繁忙喧囂的尖沙咀彌敦道上租了一間酒店公寓，樓下的觀光客如浪潮般洶湧而至，淹沒了名店與街道，高樓上的我像是漂浮在浪潮上的獨木舟，有一種隔絕的寧靜。

早晨起床後，一邊吃早餐，一邊看著對面清真寺頂上聚集的鴿子，灰色的鴿子，將白色的尖頂建築棲息成灰撲撲的顏色，牠們搧動翅膀，彼此爭食，形成有趣的畫面。

清真寺旁的九龍公園，有人三三兩兩的做運動，有上班族匆匆忙忙走過，有買菜的婆婆媽媽坐下來歇歇腿。雲影緩緩的移動，綠草地暗了又亮，亮了又暗。

有時候，我穿越永不停歇的洶湧人潮，去到菜市場閒逛，從背包裡掏出購物袋，像當地的主婦那樣，彎下腰挑揀著攤販吆喝的那些元朗甜玉米，或是金黃色、個子小、甜度卻很高的沙糖桔。經過烘焙店便進去抱一條法國麵包，嗅聞著奶油與麥子的香氣走回家。

有時候，我沉迷在寫作之中，像棵樹被種進土裡，牢不可拔。

負責清潔工作的婦人，小小聲的敲我的門，在門外問著：「需要清潔嗎？張小姐。」我知道自己必須離開房間，繫一條長裙，套上短靴，圍上披肩，便打開房門走出去。

通常，過個馬路，就來到九龍公園，冬日的公園有著薄薄的陽光，是洶湧人潮流不進來的地方，這裡沒有名店。只有高大的樹木，清新的空氣，悠閒的本地人。我在小小的噴水池邊坐下，仰起頭，感受著陽光篩過樹葉，細細小小的光顆粒投射在臉上，微微的溫暖。

應該完成的工作進度，即將截止的邀稿時間，在這一瞬間，都不重要了，悠閒的時刻，我才是自己的主人。

閒，是需要學習的一門生活藝術，一旦學會，就永遠不想失去它了。

潮語錄

關於 | 相片 | 朋友 | 更多

張潮曰：忙人園亭，宜與住宅相連；閒人園亭，不妨與住宅相遠。

張竹坡曰：真閒人，必以園亭為住宅。

阿曼曰：今之忙人欲偷閒，則駕車遠驅，飽受堵塞之苦，閒未偷得，反益忙不勝苦也。

分享　1675 個人都說讚

心癢與酸針

有時置身在暗處或低處，才能看出一個人真正的態度與品格。

痛可忍，而癢不可忍；苦可耐，而酸不可耐。

痛是可以忍住的，癢卻是不能忍受的；苦是可以忍耐的，酸卻是無法忍耐的。

有個朋友遭遇意外，身體大塊面積被燒傷，曾經陷於昏迷，後來歷經許多艱苦的治療才恢復。她對我說起這段創傷與復原的道路，並且問我：「妳猜，最難以忍受的部分是什麼？」

我說應該是疼痛吧？我記得以前自己被燙傷，那燒灼的痛楚一陣又一陣，只能原地打轉，無法解脫。

她搖搖頭，像是在訴說著一種神秘的，不為人知的奧妙那樣的對我說：「不是痛，是癢。新肉長出來的時候，好像千萬隻螞蟻在鑽、在咬，生不如死，我差點就活不下去了。」

我睜大了眼睛，久久回不過神，原來，竟是這樣的。

仔細想想，確實是這樣的，痛，只能熬過去，而癢卻伴隨著另一種欲望：

搔。搔到癢處，無比舒暢，無法搔癢，坐立難安，甚至會有生不如死的感覺。要克制這強大的欲望，是很大的挑戰。

身體的癢固然難受，心裡的癢更是難熬，「七年之癢」，其實是心中的騷動無法平復。欲望已經探出頭來，長出觸鬚，要向那未知的境地探索，什麼也拘留不住了。

我曾有過一次心癢的欲望大行動，是在幾年前小摺腳踏車十分風行的時候。對於腳踏車，我的感情是很錯綜複雜的，小時候偷偷練習父親骨架粗壯的腳踏車，數不清摔了多少次，也不覺得怕。終於學會之後，反而覺得那些少女姐姐騎的淑女車太端莊拘束，不如我騎著車追逐風、追逐夕陽的瀟灑率性。

進入青春期，被聯考的緊箍咒箍得頭昏腦脹，無處可逃的時候，我便踩上腳踏車，往路的盡頭飛馳而去，那是我初初體驗到的自由。

不久之後，父親賣掉了腳踏車，我穿上長裙和淑女鞋，優雅的搭公車和談戀愛，竟丟失了騎車的本事。

有一次和同學去鹿港玩，大家決議騎上腳踏車穿越那些狹窄的巷弄，賞玩古城之美。同學們腳一蹬，紛紛騎射而出，只剩下我歪歪斜斜，像個醉漢那樣的費力扭著車頭，真是嚇壞了鹿港鄉親了。

人們都說，只要會騎車，不管過了多久沒騎，一旦騎上車就能記得怎麼騎。我想，我是一個例外，腳踏車令我感到沮喪。

又過了好幾年，因為規劃了加拿大的自助旅行，想在溫哥華的史丹利公園騎腳踏車，那座濱海的美麗公園有森林、海鳥，可以在海邊等待夕陽，但是幅員遼闊，為了更有效率的遊覽，我認真的好好練車。

在公園旁租好車子，才騎了不到三分鐘，心中一畏怯，立刻翻倒，手臂、膝蓋和腳跟都破皮流血了。既然都摔傷了，還有什麼好怕的？牙一咬，就這麼騎完全程。兩個多小時的路途，不時有令人驚喜的美景出現，最後，我和旅伴面對著海上落日，背後有人吹起薩克斯風，來往的人們逆光行走，都成了剪影，我屏息著，把眼前景致深深鏤刻在心裡。

從加拿大回來之後，又過了許多年，再沒想過騎車這樣的事。不知從何時開始，騎車突然變成一件既環保又健身，兼具時尚感的事。

愈來愈多的腳踏車專用道規劃完成，看著那些在車道上悠遊而過的騎士們，聽著周遭朋友的話題全是小摺，感覺無限嚮往。當我決定要入手一台小摺，才發覺全台已然陷入「小摺荒」，別說是買不到了，就連排等候名單，店家也不登記。

「為什麼連排隊都不給排呀？」我問。

「是這樣的，我們的等候名單已經有將近一百人了，妳的機會太渺茫，所以建議妳去別家排排看！」店家這樣回答。

我睜大了眼睛，久久回不過神，原來，是這樣的。

想買買不到，想排不給排，情況如此緊張，自然激起我的鬥志。發動了眾親好友，全面尋車，從北部找到南部，最後甚至找到大陸去了。

每次朋友見面，頭一句話就問：「小摺找到了嗎？」最後一句，則以我說的：「我會加油的。」作為結束。

到底是要加什麼油？這件事有這麼重要嗎？愈得不到小摺愈想得到，每個騎小摺的人經過眼前，都成了對我的刺激。

同時，我開始幻想著我和小摺的幸福生活。每天早晨，在明朗陽光照射下，我騎著小摺到河堤去兜風，吃過早餐之後，再展開一天的工作。放假的時候，帶著我的小摺搭火車，在某個市鎮隨意下車，騎著車去看田裡滿滿的油菜花。

有三個月的時間，我的生活重心幾乎都是小摺，直到有一天，某個店家打電話來問我，是否還想要某個顏色的小摺？我和我的工作夥伴們都歡呼起來，好像我剛剛跑完了長跑，回到終點那樣。

確確實實看見我的小摺，確確實實付了錢將它帶回家，從難以置信到狂喜，我的欲望和心癢在那一刻，漸漸平息。

關於我和小摺的幸福生活，確實有過一段時間，我們一起看了河濱的落日；一起遊了日月潭的湖光山色，但，好景不長，它已經成了一件實用性很低的家具。每當我看見閒置已久的小摺，我知道我看見的並不是一台腳踏車，我看見的其實是心癢難耐的一樁欲望，曾經勃發華茂，如今已乾枯萎謝。

從小我們都被教導要吃苦，因為「良藥苦口」，就連苦瓜也能退火清涼，對身體有許多好處。「吃得苦中苦，方為人上人。」更是古有明訓，一代代傳承下來的。然而，對於酸，可就不是那麼逆來順受了，尤其是某些人的尖酸刻薄。

每個時代，每個地方都有失意的人，失意的人通常免不了怨懟的情緒，找到機會便要借題發揮一番。

我在念研究所時，曾經對一門荒僻的學科感興趣，在學長、姐的介紹下，去到一位太老師級的教授家中上課。太

老師的許多學生都在大學裡教書，也都是受敬重的教授。

太老師是民國初年的人物，在她的年代，女子能受這麼多教育真是相當稀罕的，前半生可說是順遂輝煌。一場內戰使許多人的世界崩毀，來到台灣之後，雖然仍在大學任教，卻再也回不到她的輝煌時代了。因為太老師的孤傲性格，使她與學院諸多不和，退休後再也不願去大學教書，只願把住家當成私塾，講講課，打發時間。

一點一滴的落寞和不如意，滲透進她的心靈，蛀蝕出一個一個小空洞，她變成一個不快樂的人，漸漸老去。

太老師最喜歡在講堂上嘲謔的譏諷她的得意門生，偏偏那也是我們很尊敬的一位教授，每當這種時刻，大家便如坐針氈，很不舒服。將「尊師重道」實踐得最徹底的中文系學生們，一個個垂下頭來，神情羞愧不堪。

「老師是有酸針的。」有位愛讀武俠小說的學長曾經這樣說：「好像武林高手，酸針藏在口中，一張口就射出，看射中的是誰。啊！例不虛發。」

大家都笑了，笑過之後有著難以掩飾的惶愧。

那時讀到魯迅的祖父愛罵人，不僅是被罵的人不舒服，連在一旁聽的人也覺得指桑罵槐，含沙射影的，難免受到株連，因此也很不舒服。我完全可以領會那種感受，在課堂上，雖然沒被酸針射中，可是那濃厚的酸蝕氣味，也能令人窒息。

學期結束時，大家辦了謝師宴請太老師，有人負責採買禮物；有人負責採購鮮花；有人負責布置場地，而由一對博士生夫妻，殷勤的去老教授家中接了她，護送到餐廳裡，結束之後再護送回家。

我們全體站立著等候，見到太老師便迎上前去，有人隨口問道：「是學長和學姐去接老師的嗎？」

穿著華貴的太老師似笑非笑的說：「可不是嗎？如果不是跟著兩位身分尊貴的博士，人家看見我這個老乞丐婆，還不用掃把趕出去嗎？」

兩位學長、姐當下窘困不已，對著太老師打躬作揖，臉都漲紅了。我看著好心好意的學長姐被酸針射中，心中覺得好不忍，偷偷嘆了口氣。

在我碩士班畢業之前，出版了第一本小說，每位老師都送上一本，敬請指正。雖然有學長、姐和同學的警告，而我幾番輾轉，還是恭恭敬敬的，將書捧送到太老師面前。

太老師笑嘻嘻的說：「不錯啊！很好啊！這麼年輕就出書了，真是才女。」

我帶著僥倖的心情，站起身來正打算告退，太老師突然對我說：「其實有件事我一直不明白，你們寫了文章登在報紙上，憑什麼領稿費？該領錢的應該是我們這些讀者呀，辛辛苦苦讀你們的文章，不該領錢嗎？」

射中了！射中了！終於輪到我，被酸針射中了。

曾經，有學弟、妹聽說我上過太老師的課，問我學到了什麼？

我想，我學到了很珍貴的東西，那就是，人不可能永遠在光亮的地方，世上沒有那麼多聚光燈。有時置身在暗處或低處，才能看出一個人真正的態度與品格。

潮語錄

關於 | 相片 | 朋友 | 更多

張潮曰：恥之一字，所以治君子；痛之一字，所以治小人。

張竹坡曰：若使君子以恥治小人，則有恥且格。小人以痛報君子，則盡忠報國。

分享　998 個人都說讚

潮語錄

關於 | 相片 | 朋友 | 更多

張潮曰：曰癡曰愚曰拙曰狂，皆非好字面，而人每樂居之。曰奸曰黠曰強曰佞，反是，而人每不樂居之。何也？

江含徵曰：有其名者無其實，有其實者避其名。

阿曼曰：如稱「傻瓜」為親愛語也，若呼「笨蛋」則不免反目。

分享　1371 個人都說讚

只有一身傲骨

受寵的人固然是幸運的，卻也時刻擔著許多風險，又有什麼恃寵而驕的本錢呢？

傲骨不可無，傲心不可有。無傲骨則近於鄙夫，有傲心不得為君子。

做人不可以沒有傲人的骨氣，但卻不可以有驕傲的心。沒有傲骨的人就與卑鄙之人很相近了，有傲心的人也不能成為君子。

和二十年前採訪過我的記者聊天，她說她這些年來一直觀察著我，想看我會發生什麼變化，結果我依然像剛剛出道時那樣，沒有什麼氣勢，相當低調。

「那時候妳才出了第一本書就那麼暢銷，可以說是一夜成名，我看過很多人成名之後的樣子，很少見到妳這一款的，好像自己從來沒有成名過的樣子。」她一邊說一邊笑：「妳到底怎麼看待成名這樣的事呀？」

突然之間，許多畫面和回憶紛沓而來，那些影響著我的前塵往事啊。

記得那年我還在研究所就讀，《海水正藍》使我一夜成名，應邀和幾位作家一起到電視節目中受訪。

遲到的是年紀最大，地位最高的男作家，我們都已經準備好了，獨獨等他一個人。好不容易聽說「來了來了」，跑進攝影棚的是他的助理，助理對著大家宣告：「某某教授已經到了！」

一邊示意大家起身相迎，於是，從製作人、主持人到我們這些受訪者，通通起身，恭敬的迎接著。

那一瞬間，我突然有種詭異的錯覺，應該要有莊嚴的進場音樂配上飛向藍天的白鴿，場面才夠華麗慎重啊。

某某教授進場了，他的頭微微昂揚著，舉起手來與大家致意，真的有一種「偉人」的氣勢呢。不知道是誰開始鼓掌的，總之大家都拍起手來，起初的我是有點盲從的，後來卻拍得相當真心，「太好了！終於可以工作了。」

不僅是名人，有些高級知識分子也具備有我所謂的「高等人的虛矯」。他們特別看重名銜，像是「教授」、「博士」之類的，必定隨身攜帶，成為最重要的配備。他們並不在乎別人對他們的了解有多少，只要知道他們是「教授」或「博士」就可以了。

我曾和某位「博士」一起搭檔主持過電視節目，在他那個年代，博士真的少見，因此，他很看重這個名銜，在攝影棚裡要求大家都喊「某博士」。我那時已修得了博士學位，也在大學教書了，但因為我是女性，和工作人員相處隨和親切，因此，他們都叫我「曼娟姐」，從沒有人叫過我「博士」，我覺得這樣很好。

有一天，因為「某博士」要出國，我們在趕錄存檔節目，大家都超時工作了，現場導播從主控室下來好幾次，協調現場狀況，「某博士」則顯出疲態，抱怨這樣的工作方式很沒有效率。當再一次的ＮＧ發生，現場工作人員不斷向某博士道歉鞠躬時，導播忽然打開了擴音機，用全場都能聽見的音量說：「我有一個問題想要了解。」

這種導播忽然說話了的狀況不常發生，因此所有人都停下手邊的工作，安靜的聆聽。

「據我所知，曼娟小姐也是博士吧？也在大學教書吧？為什麼你們叫『某博士』，卻不叫她『張博士』呢？」

一瞬間，所有人的目光都轉向了我。我抬頭望向主控室，卻因為攝影棚裡強烈的燈光，只能看見一片白花花的光芒。

我彷彿聽見的是來自某個無窮高遠而神性的詰問：妳希望別人怎麼看待妳？

在大學課堂上初次接觸到老莊的道家思想，只默默數著又有幾個字要背誦了，並沒有任何被觸動的地方。老師上課從不舉例說明，只是不斷的解釋、句讀和翻譯，然而，某一堂課上，我聽見了這樣的句子：

「何謂寵辱若驚？寵為下。」

為什麼受寵和受辱一樣令人心驚與警惕呢？因為受寵的人其實是低下的。講完之後，老師的翻譯又繼續進行下去了，而我的注意力和心思卻一直被牢牢的定住，受寵是低下的，是應該警覺的。

為什麼呢？受寵不是人們所期望的嗎？受愈多人的愛寵，不是愈好嗎？地位不是愈崇高嗎？不是可以獲得更多權力嗎？不是人們夢寐以求的嗎？

我的腦子激烈的撞擊著，拉扯著，而後，恍然明白了。

這寵愛，並不是自己原本就具有的，而是別人加諸於你的，別人既然可以加諸於你，自然可以全部取回，能夠讓你高高飛起，就能讓你重重摔下。這一切可能發生在一夕之間，再努力也無法挽回。看看歷史上那些不可一世的人物，他們的下場多麼令人惋惜。

我在猛然爆熱的五月課室裡，竟然感到渾身清涼通透，受寵的人固然是幸運的，卻也時刻擔著許多風險，又有什麼恃寵而驕的本錢呢？

有些人會覺得自己受寵或有名是因為努力，或是有天分，但是努力的人不只你一個，有天分的人也不會只有你。

我常想起傳說中那位擁有五色彩筆的才子江淹，因為過人的才能和天賦，揚名天下，為人稱誦。然後有一個夜晚，他夢見一位老人對他說：「把我借給你的那枝筆還給我吧。」

江淹從身上取出那枝五色筆奉還，從此以後，他再也寫不出好詩了。而我們有了「江郎才盡」這樣的一句成語。

都是要還的吧？名聲或是好運，這一切都屬無常；驕傲、虛矯，也都是荒謬無意義的事。

當導播講完這些話，現場突然變得好僵，我對著其實根本看不見的導播室，大聲的說：

「沒關係的，導播。我其實比較喜歡他們叫我曼娟姐，因為再過幾年，我就要變阿姨了。」

成名，是上天眷顧的一個眼神，但我必須花更多時間和努力，不辜負那個眷顧與挑選。

我對坐在面前的記者說：「我常覺得自己是個戒慎恐懼、如履薄冰的人，有什麼條件驕傲呢？」

成名之後，要面對許多挑戰，其中最弔詭的一種，就是：你想一直有名嗎？保持在顛峰的狀態，可能不可能？

一九九六年，我的書出版之後仍然能站上暢銷排行榜，但一直覺得「得之於人者太多，出之於己者太少。」於是，興起傳承文學薪火的念頭，陪伴著新世代寫作者創作和生活，也為他們尋找出書的管道。

因為這個念頭與夢想，我孤僻自閉的生活型態也起了變化，不能總是固守在自己的小宇宙中，必須與外界交流溝通。我拜訪了幾家出版社，談成了許多企劃案，也認識了好幾位很有理想又提攜後輩的出版人。

有一次，我終於走進一家頗具規模和聲譽的出版社，見到了行內赫赫有名的出版人。融洽的聊了一個下午，講到出版界的不景氣；文學書的欲振乏力；以及與我同時崛起並竄紅的寫作者，多半都不再創作，等等，情緒從高昂到欷歔。

我們沉默的喝著茶，那位出版人突然亢奮起來，他的雙眼煥發著光采：「我想給妳一個寫作的建議，肯定能令妳再創高峰，名利雙收。」

關於創作的可能性與建議，都令我很感興趣，有些創作的方向和主題，也是與朋友聊天的過程中獲得的啟發。於是，我向他虛心求教。

「妳改變風格，去寫色情小說！就像是玉女明星突然去拍三級片那樣，一定能吸引很多人去看。我肯定妳的書可以狂賣！」

我相信他說這些話並無惡意，只是在商言商，也確實抓住了某些消費者的心理。

一個玉女明星，向來給人夢幻的清純感覺，如果突然轉型去拍三級片，當然會引起人們的好奇心。一個以溫馨感性文風著稱的女作家，向來給人閨秀純情的感覺，如果突然轉型去寫色情小說，可能也會勾起人們窺秘的欲望。

但，我的寫作，是為了滿足人們這一種欲望而存在的嗎？

為了搏取再一次的顛峰，去做自己並不想做的事，成為自己不喜歡的那種人，這樣有意義嗎？

我沒有回應那位出版人說的話，只是微微笑了笑。

做人不一定要事事達到君子標準，但總應該有自己的態度與骨氣。

後來我成立了【張曼娟小學堂】，以私塾的精神辦學，出版一系列閱讀經典有聲書，帶動了重新閱讀與理解經典的風潮，事實證明，要尋求突破或更上層樓，並不只有一種方式，生命有更多的可能。

需要特別說明的是，我並不歧視色情小說，如果有一天能創作出像《金瓶梅》這樣偉大的色情小說，那無疑是我生命裡的最顛峰了。

潮語錄

關於 | 相片 | 朋友 | 更多

張潮曰：《水滸傳》是一部怒書，《西遊記》是一部悟書，《金瓶梅》是一部哀書。

江含徵曰：不會看《金瓶梅》，而只學其淫，是愛東坡者，但喜吃東坡肉耳。

殷日戒曰：《幽夢影》是一部快書。

朱其恭曰：余謂 《幽夢影》，是一部趣書。

阿曼曰：《金瓶梅》哀中有怒，亦有悟也。

分享　　1323 個人都說讚

殷日戒，名曙，安徽人，當張潮十三歲時，日戒便常和潮的父親談詩論文，而張潮很喜歡加入大人們的聚談。日戒是幽默詼趣的人，有他在的地方便充滿歡樂的笑聲。

三十多年後，張潮與他在故鄉重逢，再度結為忘年之交。真是「命中註定遇見你」。

朱其恭，名慎，浙江人。他是寫詩高手，性格很豪放，平日飲食最愛螃蟹。有一次大啖螃蟹，吃得正順手，忽然有人來報，說是有「八座」來拜訪，所謂八座，指的是朝廷裡的八種高官。高官降貴紆尊而來，他是怎麼回應的呢？他說：「我才不用八座來換八腳呢！」為了吃螃蟹，懶得應酬高官，就是他的真性情。

他的才氣高邁，書畫一流，還是個古琴演奏家，怪不得許多公卿權貴都想認識他，偏偏他只愛螃蟹。四十幾歲的生涯，除了努力創作，就是堅持做自己。

若有臉書，應該會以各種螃蟹當頭像，成為註冊商標吧。

潮語錄

關於 | 相片 | 朋友 | 更多

張潮曰：寧為小人之所罵，毋為君子之所鄙。

陳康疇曰：世之人自今以後，慎毋罵心齋也。

醫

江含徵曰：不獨罵也，即打亦無妨，但恐雞肋不足以當尊拳也。

阿曼曰：是以罵我者皆當小人，鄙我者亦不視為君子，此即精神勝利法。

分享　1784 個人都說讚。

陳康疇，名均，安徽人。他是個養畫眉鳥的專家，還出過《畫眉筆談》這樣的書呢，記載了許多豢養畫眉的大小事，相當專業。畫眉要有漂亮的體態，婉轉的叫聲，還要能托在手中鳴叫，這一切都得費心訓練。

小時候見到許多人在公園裡懸掛鳥籠，聽著畫眉婉轉歌唱，如今已見不到這樣的風光了。如果成立了「畫眉專頁」，會不會很孤單呢？最終都被眉筆、修眉與化妝品的廣告所佔領。

在孩子心中種一棵樹

這棵樹將在孩子生命裡茁壯繁盛，綠葉成蔭，庇護著他們躲避世間的焦荒，得到安靜的清涼。

藏書不難，能看為難；看書不難，能讀為難；讀書不難，能用為難；能用不難，能記為難。

買了書來收藏並不難，能夠翻閱才是難事；翻閱書也不難，能夠讀懂了才難；讀懂也不困難，能夠靈活運用比較困難；能運用也不難，能夠永誌不忘才難。

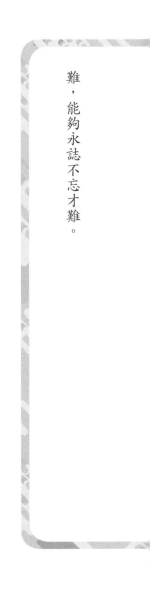

幾個已經畢業好幾年的學生回大學來看我，他們都說自己是做出版的，性質卻大不相同。我對那個穿著西裝的男生說：「你也在做出版嗎？我一直以為你會去做業務啊。」

他的同學聽見了都拍手大笑，說老師真是有識人之明，他根本不是在做出版，而是做業務。

原來那個男生是專賣大部頭套書的，像是「百科全書」、「寰宇大搜密」、「博物館圖鑑」這一類的，有的是翻譯書，有的根本是原裝進口，這些書籍的共同特色，是印刷裝幀精美，價格高昂，一排排放在書架上，氣勢非凡。

「有一個台商跟我訂了一貨櫃的貨，運到大陸去當成公司的裝潢喔，要展現我們台灣人的文化軟實力。」聽了這樣的話，我詫異於他不說「書」，而說

「貨」。

他的女同學問：「還軟實力呢，買了那麼多書，有讀嗎？」

「有沒有讀不重要，重要的是他繼續努力賺錢，多開幾家公司，多買幾貨櫃的貨。」賣書的男生興高采烈的說。

而我突然想到了張潮這段話，忍不住會心一笑。買書，真的與讀書無關啊。

常常，我在演講時會有家長提問：「如何培養孩子的閱讀習慣呢？我都一套一套的書買給他看，可是他都不看，我也沒辦法。」

我問家長：「您在家裡有閱讀的習慣嗎？」

家長回答：「我以前也是喜歡閱讀的，現在因為工作嘛，壓力大又累，所以就上上網啊，看看電視啊。」

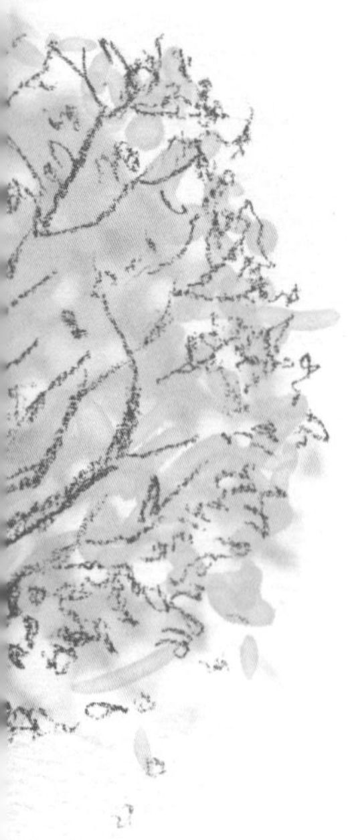

孩子最容易模仿的就是父母親，最大的影響也來自父母親，如果父母親不在家中閱讀，不表現出對閱讀的投入，不覺得閱讀是喜悅的享受，孩子自然不愛閱讀。

我遇見過一個母親，最重視的就是孩子的閱讀。她有兩個兒子，差了八歲，當她到小學堂接送大兒子，等待的時間便坐在沙發上，翻開一本繪本書，低聲的講故事給三歲的小兒子聽。

小兒子不像哥哥那樣沉靜，有時動來動去，有時會不耐煩，但母親從不放棄。漸漸的，我們看見小兒子能自己翻讀一本書了，他依偎著母親，各自閱讀，那樣的景象，寧靜而美好。

幾年後，他成為小學堂的學生，也添了些沉靜的氣質。當我們討論問題時，他不像別的孩子那樣，直覺性的搶答，也不會譁眾取寵的亂講，他不受干擾的

思考，從容的作答，而他的答案總是令人讚歎。我想起從他那麼年幼的時候，就在母親引導下走上閱讀之路，真是個幸運的孩子。

如果，要送給心愛的孩子一個禮物，我想，那會是一棵樹。如果要為心愛的孩子培養一種能力，我想，那一定是閱讀力。

當孩子擁有一棵樹，才能明白四季的運行帶來怎樣的變化；才能體驗枯榮的過程；明白這一切看似無常，卻自有生命的規則，隱藏其間。

若孩子擁有閱讀力，他便不會感覺孤單，浩瀚如星空的書籍對他專注傾訴，那些歡喜與憂傷，獲得和失落，追求及幻滅，人活在世界上所經歷的一切「奧妙」，一切可以想像與難以想像的，都在閱讀時刻遇見了。

卡爾維諾在《為什麼要讀經典》中說：「一部經典作品是這樣一本書，用於形容任何一本表現整個宇宙的書，一本與古代護身符不相上下的書。」

我從這些字句中找到了「閱讀」的關鍵字：「整個宇宙」、「護身符」，這正是我們希望孩子閱讀的原因。

並不是因為閱讀比較有文化或是比較有氣質，說穿了，就只是因為閱讀令我們加深對人生和宇宙的認識，使我們擁有趨吉避凶的智慧和能力，是非常實用的。

做為成年人的我們，應該都記得沒有電腦和智慧型手機的年代，故事書是如何的令我們著迷，廢寢忘食吧？

如今，做為家長或老師，我們的擔憂與焦慮，卻是孩子對閱讀根本提不起興趣，需要許多威逼與利誘。威逼或者利誘，在某種程度上都是暴力，使用暴力是無法產生真愛的，因此，我們的孩子很難愛上閱讀。

既然如此，就用最原始的方式，「誘引」孩子走進閱讀的世界，讓他們心甘情願的與閱讀長相廝守。誘引方式很簡單，陪他一起讀，和他一起討論，與他一起笑，伴著他掉眼淚，讓他懂得，閱讀是一種感情方式。

就像種下一棵樹那樣的，在孩子心裡種植一棵閱讀樹，這棵樹將在孩子生命裡茁壯繁盛，綠葉成蔭，庇護著他們躲避世間的焦荒，得到安靜的清涼。

下一次，再有家長問我如何培養孩子的閱讀習慣，我會誠實的告訴他，別再買書了，讓孩子從書架裡選一本書，坐下來，陪他一起讀。一個字一個字的讀下去，一頁一頁的讀下去，一本一本的讀下去。

潮語錄

關於 | 相片 | 朋友 | 更多

張潮曰：少年讀書，如隙中窺月；中年讀書，如庭中望月；老年讀書，如臺上玩月，皆以閱歷之淺深，為所得之淺深耳。

黃交三曰：真能知讀書痛癢者也。

張竹坡曰：吾叔此論，直置身廣寒宮裡，下視大千世界，皆清光似水也。

阿曼曰：無可奈何，亦從望月之人漸成玩月之人矣。

分享　1722 個人都說讚

她愛閱讀，她很危險？

當女人專注在閱讀之中，她變得無比強大，彷彿擁有整個世界，無所匱乏。

昔人云：「婦人識字，多致誨淫。」予謂此非識字之過也，蓋識字，則非無聞之人；其淫也，人易得而知耳。

古人曾說：女人認字讀書，常導致淫亂的後果。我卻認為這並不是識字讀書的過錯，而是因為能識字的女人都不是默默無名的，既然是有名之人，她們的私生活與情感狀態，就很容易被人知道了。

我常在課堂上問學生一個問題：「除了李清照之外，你們還知道哪些古代的女作家？」學生們不分年齡，總合起來也答不出三、五位。

於是，我們自然而然進入另一個話題：古代女人為什麼不讀書？「女子無才便是德」到底是哪一種「德」？

張潮這段話也讓我思考所謂的「淫」這個字，對女性的綑綁與禁錮。就連李清照這樣的傑出作家，當她經歷了天崩地裂的靖康之難，從北方流離到南方，丈夫過世之後，晚年改嫁一事，也受到了許多評議。

有評論者說她「晚年失節」；有研究者提出李清照從未改嫁，來為她「辯誣」，洗清「污名」。

然而，做為一個八百多年之後的讀者，如果可以穿越，我願意在杭州看見她的時候，不是形影相弔，不是無人聞問，而是有個溫柔的伴侶，撫慰她的滄桑與寂寥。

當她對著天上孤雁吟詠著：「冷冷、清清、淒淒、慘慘、戚戚，乍暖還寒時候，最難將息。」有人能輕巧的為她披上一件絲綢長衫。

如果她再嫁，能夠得到幸福，「淫」、「晚節不保」這些負面字詞，根本一點意義也沒有。李清照被我們認識，是因為她的才華與創作，她是一個稀奇珍貴的女作家，不是貞節牌坊的主人，為什麼要以貞不貞節來規範她？

可惜的是，李清照並沒有得到幸福。

據說，懷抱著美好憧憬再嫁的她，很快就發現了丈夫的真面目，那個市儈貪婪之徒，原來是別有所圖的。真相顯露之後，婚姻關係間以暴力，更加痛苦，李清照必須決斷脫離。若她是個男子，不過一紙休書就可以解決，偏偏她是個女子，要想休夫，難如登天。

但她是個知識分子，能夠冷靜思考、分析、衡量得失，於是，她去官府舉發丈夫的犯罪情事，與婚姻全然無關，查證確實之後，丈夫因欺君之罪被流放，他們的婚姻自然結束。但是宋代律法，妻子出告丈夫也要入監服刑兩年，李清照寧願承擔這樣的風險，毅然走上休夫之路。

所幸得到有力人士的救援，她入監不久就出獄了，又可以自由的呼吸，自在的創作。我欽佩她勇於追求幸福，更欽佩她勇於改變命運。

如果女子無才，沒有膽識，只能向命運低頭，對磨難俯首貼耳，怎麼可能想到抵抗？又怎麼有能耐成功？

有一本書叫做《閱讀的女人危險》，應該觸動了不少男人的心。許多男人期待的是溫馴的女人，當女人的心智未開，才能被人左右，一旦有了知識，尋找自我的道途便啟程了。

有了自己的主張與判斷，有了愛惡悲喜，有了追求與夢想，不再心甘情願的付出，不再永無止境的犧牲，女人從內而外的改變了，男人的權益不再理所

當然，自然會覺得好危險。

而我看著書中那些閱讀女人的圖像，微彎的頸項，低垂的眉眼，鬆弛的肩膀，或是壓住胸口喘息的手腕，覺得那樣專注的女人真美麗。我好想在她們身邊讀同一本書，注視著她們呼吸平穩而起伏的眼睫毛，和她們討論書中的微小細節。

我知道，當女人專注在閱讀之中，她變得無比強大，彷彿擁有整個世界，無所匱乏。

究竟是什麼樣的人，覺得女人閱讀危險？懼怕女人覺醒並尋找她自己？

華人大腕女星劉曉慶曾說過這樣的名言：「做人難，做女人難，做名女人更難，做單身的名女人難上加難。」那是她已成為名女人，而在單身狀態時，真切的生活體會。

名女人的生活總被放大檢視，壓力自然不小，若是單身狀態，感情動向更是被人捕風捉影。看個電影，吃個火鍋，喝點小酒，聽場演唱會，駕車兜兜風，都被放大解讀，若是牽牽手，摟摟抱抱，那更是「私生活不檢點」的暗示。

我們常聽見這樣的說法：「演藝圈好亂喔。」到底哪裡亂呢？不就是這個人愛上那個人，又劈腿另一個人，或是明明結了婚卻還有小三甚至小四，可是，認真想想，演藝圈以外的世界，我們的生活周遭，難道沒有見過劈腿、第三者？沒聽說過愛的謊言？感情世界原本就是光怪陸離，見怪不怪的。

差別在於，平凡人的感情生活不被報導，未經披露；演藝人員的一舉一動都被批評非議，廣受注意。

每當我聽見「演藝圈好亂喔。」這樣的話，眼前便浮起那些我所認識的藝人朋友，他們工作認真，生活嚴謹，對感情忠誠專一。

演藝圈也好，名流生活也罷，與我們一樣，都是血肉之軀。當各式各樣的訊息充斥，煩擾耳目與心靈，侵擾我們的生活與平靜，亂的其實是我們的心。心靜了，意定了，自然不會亂。

潮語錄

關於 | 相片 | 朋友 | 更多

張潮曰：方外不必戒酒，但須戒俗。紅裙不必通文，但須得趣。

朱其恭曰：以不戒酒之方外，遇不通文之紅裙，必有可觀。

九 **陳定九曰：**我不善飲，而方外不飲酒者，誓不與之語。紅裙若不識趣，亦不樂與近。

釋浮村曰：得居士此論，我輩可放心豪飲矣。

阿曼曰：女子無才便是德，若不讀書，豈能得諸才子之趣也？

分享　1689 個人都說讚。

陳定九，名鼎，原名太夏，晚號鐵肩道人。少年時隨父親到雲南遊歷，十七歲那年得到當地龍氏土司賞識，娶了土司的女兒，還寫了一本書描述當地的婚禮習俗。他是個極有毅力的人，曾經花了二十幾年，搜集明末東林黨人四千六百多人的事蹟，寫成《東林忠烈傳》六十卷。書稿完成後，卻被盜賊偷去大半，而他重整旗鼓，發揮「你能偷得走，我就寫回來。」的精神，重新撰寫完成《東林列傳》廿四卷。非常值得我們這些缺乏意志力的後生晚輩學習。

陳鼎留下許多著作，而我個人最感興趣的則是《蛇譜》、《竹譜》、《荔枝譜》等。

釋浮村，出家人，個人資料不公開。

知己的條件

想要保持客觀冷靜，成為彼此的愛人與知己，真的很困難。

求知己於朋友易，求知己於妻妾難，求知己於君臣則尤難之難。

在朋友關係中尋求知己，是容易的；在夫妻關係中尋求知己，就困難多了。在君臣關係中尋求知己，簡直是難上加難。

我的朋友吉兒和懷明，經歷了許多考驗與磨難，終於成為眷屬。在他們的結婚典禮上，吉兒哽咽的說：「我想不出有什麼原因，能將我們再拆開了。」懷明緊緊牽住她的手，低下頭落淚。

那時刻，許多知曉他們的感情生活的賓客，都忍不住陪著掉下眼淚。結婚之後，接二連三的，面對了吉兒父親的癌末與懷明母親的老年失智症，都把他們折騰得很厲害，但他們依然努力著克服萬難，成為彼此最堅強的支持與後盾。

想不到，近來聽說吉兒和懷明已經分居，正在討論離婚的事。

吉兒告訴我，懷明最近一直很想到大陸去發展，和她討論這件事時，吉兒正處理著婆婆因為失智症而打了外勞看護的事，加上自己的胃潰瘍，以及接案子維生的她接到一個棘手的案子，焦頭爛額，因此，沒好氣的回答：「把一堆爛攤子丟給我，遠走高飛，真不錯啊。」

幾天之後，懷明特地請吉兒去她最喜歡的餐廳用餐，向她道歉：「我不應該讓妳有那麼大的壓力，真的很抱歉。」

吉兒問他：「你還想去大陸嗎？」

懷明搖搖頭說：「我們別再提這件事了。」

兩個月之後，他們和一群朋友聚餐，懷明的一個多年好友，在大陸發展得很不錯，搭著懷明的肩膀，對他說：「工廠我幫你看了幾間，但還是要你自己來看看才好。下個月可以來一趟嗎？」

吉兒不經意聽見，頭頂發生了小型爆炸，久久的無法做出反應，也無法將眼光轉向懷明。

不管懷明如何解釋說明，吉兒都聽不進去。她一直覺得自己和懷明是這個世界上最緊密的人，是生命共同體，沒想到懷明欺騙了她。

「我不想讓妳覺得，我扔下妳什麼都不管，所以，我想把一切都安排好了

再跟妳說。」懷明很懇切的說。

「他說他安排好一切，但這『一切』裡面到底有沒有我？他說他如果不去闖蕩發展一下，他不甘心。這些想法和感受，他都跟他的朋友說，為什麼不跟我說？我連他的朋友都比不上？太讓人寒心了！」

我想我可以了解，懷明以為暫時隱瞞是為了保護吉兒，不讓她心慌或沮喪。他以為自己把一切都安排妥當之後，呈現出的圓滿狀態，會讓吉兒比較心安，也就能夠心平氣和的接受。

當懷明和朋友商量，朋友可以不帶個人情緒的幫他分析，給他建議，吉兒卻很難辦到。但是，吉兒被他的處理方式傷害了，陷入女人的悲情思維中，難以超脫。

吉兒說她現在聽到張清芳的〈Men's Talk〉就哭，

「後來我才知道，有些話你只對朋友說，你們叫它做，淡水河邊的MEN'S TALK。後來，我才明白，有些事你只對朋友說，我和你，就像天和地，你是雲，天上飛，而我的淚水滴成了河。」

這首歌當年唱碎了多少女人心，又唱出了多少女人的心事。然而，這已經是二十幾年前的流行歌了，我對吉兒說，時代不同了，別拿著舊衣服去套新軀體啊。

「如果妳覺得自己應該是他最親密的人，應該是他的知己，那就拋開情緒的因素，好好聽聽他真正的想法和感受吧。」最後，我也說出了一個「知己」的建議，給我的朋友。

因為有那麼多情感與生活上的緊密牽繫，牽一髮而動全身，想要保持客觀冷靜，成為彼此的愛人與知己，真的很困難。

更加困難的，則是職場上的管理者與下屬的關係。

我的朋友江總，是許多人夢寐以求的好上司，做為一個管理者，他帶的不僅是工作效率和成效，而是人心。

他給予工作團隊很大的自由和空間，讓他們分層負責，又彼此支援協助。在他就任之前，團隊中有些矛盾，情緒上都有點糾結，高層一直要求裁員，精簡人力。江總和每個人談過之後，給了屬下「絕不裁員」的承諾，也給了高層「績效提升」的保證。

他鼓勵他們優秀的表現，振奮他們低靡的士氣，自掏腰包帶大家出去旅行，舉辦定期和不定期的餐會。不到三個月，工作夥伴再也沒有人遲到，辦公室裡充滿笑聲。

一年之後，他們的績效提升一倍，人人磨拳擦掌，隨時準備大顯身手。

江總最擅長的是發掘潛能，他特別看好接線生琇琇，這個高職畢業的女孩笑臉迎人，頭腦清楚，認真負責。他鼓勵她去唸夜校，給她提早下班的優越條件，讓她半工半讀的完成學業，幾年之後，已經獨當一面，成為江總得力的左右手。

去年江總過五十歲生日，琇琇輾轉找到了我，想請我幫忙，她說他們一群同事想要幫江總籌辦一個難以忘懷的生日，租下了一間ＫＴＶ包廂，邀約了他的眾親好友，祕密出席。到了當天，佯稱琇琇和交往八年的男友分手了，她有點想不開，在ＫＴＶ崩潰，請江總快來勸解。

江總果然火速趕來，還帶著在學校擔任心理諮商的太太一起來救援。那天的情景，真的讓我很感動，比家人還親愛的互動，發自內心。生日驚喜宴結束後，琇琇和男友負責送我回家，她在車上再度向我道謝。

「江總有你們這些夥伴，真令人羨慕啊。」我說。

「不是這樣的，我們遇見江總太幸運了。如果不是江總的提拔，我不會是今天這個樣子。江總是我的貴人，也是恩人。」琇琇轉頭對我說。她的眼睛黑亮黑亮的，不知是因為淚水還是因為街燈的映照。

近來見到江總，卻是意態闌珊的，和朋友們聊起退休的話題，因為太太今年要退休了，他說他也準備退休，一起雲遊四海去。

「不是說五十歲以後要往海外市場發展嗎？怎麼想退休啦？」我問江太太。

江太太說江總最近在工作上遇到了一些挫折，是來自人員管理的。

她說兩個月前，江總和琇琇準備去歐洲參展，琇琇曾問江總要不要找別的同事去？她說其他同事也需要這樣的經驗。但因為這次是拓展全新的市場，幾番考慮，江總仍希望琇琇可以同行。

搭了長途飛機降落之後，琇琇出血了，才告訴江總自己已經懷孕四個多月了。江總送她到醫院去，為她可能流產的情況擔憂又自責，那一次的參展，幾乎沒接到什麼訂單，因為江總醫院、會場兩頭跑，還要忙著和琇琇的家人連繫，心力交瘁。

他們結束展覽，飛回台灣的十幾個小時裡，江總和琇琇從「無話不談」變成「無話可談」，彼此客氣卻生疏了。

江太太說，琇琇不久提出辭呈，說要在家安胎。江總頓失左右手，仍等著琇琇產後重返團隊。不料，幾個月之後，卻從廠商那裡得知，琇琇和先生一起開公司，經營的產品與老東家重疊度很高。

江總變得更沉默了，他一面承受著高層對他無功而返的責難，一面經歷著親近夥伴的分割與信任的斷裂。琇琇是他看著成長的，有深厚的革命情感，卻在某一個時刻，突然走到了分岔路，人生目標再不相同。

類似這樣的故事，聽過的已經不少了。我相信琇琇心裡也不好受，她的許多決定必然是不得不如此；我也了解江總的失落和惆悵，因為他付出的是真心和誠意。只因為上司和下屬之間，有著無法逃避的利害關係，又有各自的考慮和在意的事，往往是對立的，想要結為知己，實在太困難了。

張潮說：「天下有一人知己，可以不恨。」知己之人，確實是我們人生一世的追求，然而，知己是有條件的，首先是能夠平等論交，再來是沒有任何利害關係。

在伴侶關係中，或許可能求得到；而在上司與下屬的關係中，仍有太多人性的弱點需要挑戰。

潮語錄

關於 ｜ 相片 ｜ 朋友 ｜ 更多

張潮曰：求知己於朋友易，求知己於妻妾難，求知己於君臣則尤難之難。

王名友曰：求知己於妾易，求知己於妻難，求知己於有妾之妻尤難。

張竹坡曰：求知己於兄弟亦難。

江含徵曰：求知己於鬼神，則反易耳。

阿曼曰：朋友乃平等論交，故可以為知己。

分享　　1722 個人都說讚

王名友，個人資料不公開。

陪陌生人走一段

不必完全相信陌生人；不必將自己交託給陌生人，但是，至少我們可以幫助陌生人。

凡事不宜癡，若行善則不可不癡。

做許多事都不該執迷，至於做好事則不可不執迷。

二〇一一年我到香港就任公職，最感到驚奇的就是香港人對台灣的觀感，竟然那樣美好。不論是年輕的學生，或是年長的銀髮族，他們見到我的開場白，常常都是：「我去過台灣了，那裡真是好啊。」

說著這樣的話，同時，他們的眼中緩緩浮現出一種幽微而溫柔的光。被那樣的光芒籠罩著的我，心裡知道，這些香港人想必在台灣做客的時候，感受過台灣人的善意和溫暖。

香港的一對夫妻告訴我，他們住在台灣東部的一間民宿裡，得到很好的照顧，等他們遷出民宿，才發現錯過了預訂搭乘的巴士，差點要取消下一個景點的行程了。民宿老闆得知，二話不說，立刻發動車子，送他們到下一個景點。

他們堅持要付錢，老闆堅持不肯收，還對他們說：「你們大老遠來這裡，很不容易，我只是舉手之勞，當我是朋友就不用付錢啦！」

那對夫妻算一算，來回車程超過一個半小時，民宿老闆瀟灑的揮一揮手，駕車離去，留下的是滿懷感動的異鄉客。

比較年輕的香港朋友告訴我，當他們在街頭迷路時，攤開地圖東張西望，不久之後，就有歐巴桑湊過來問：「啊，你是要去哪裡？」

完全陌生的人，熱心的為他人指引方向。

我笑著說，這就是我常常說的歐巴桑精神啊，台灣社會最見義勇為的，就是這一群為數龐大的女性，俗稱「婆婆媽媽」。她們的資訊豐富，古道熱腸，見不得他人有困難，總是忍不住伸出援手。

有個在媒體工作的年輕香港記者對我說，他一直聽見身邊的朋友說台灣有多好、多善良、多溫暖、聽得他一身反骨，於是，決定當個毫無計畫的背包客，要來台灣闖蕩闖蕩。

在那十天的旅程中，他曾經睡在車站裡；也曾被野狗追得一身冷汗；曾被一群中學生邀著加入他們海邊的烤肉派對；也曾在公路上搭乘順風車，而最讓他難以忘懷的，是在某個小鎮上迷路了。轉來轉去，就像在迷魂陣中，轉不出來。迎面而來一對銀髮夫妻，牽著一個六、七歲的小女孩，記者向他們問路，他們指引了方向之後，突然說：「要不然你跟著我們走吧。」

於是，他們上路了。跟在後面的記者聽見小女孩抬頭問：「阿公！我們不是要回家嗎？為什麼走這裡？」

「這個叔叔不認識路，我們陪他走一段啦。」

小女孩轉頭看看記者，又問：「叔叔是大人，為什麼不認識路？」

「叔叔是外地人啦。我們要幫助他，這叫做什麼？」

「我知道！日行一善。」小女孩歡快的回答。

可能是因為將要結束台灣行離開了；可能是在這樣的氣氛渲染下，那一刻，記者的胸中澎湃，眼中泛起淚水。就在他向我轉述這個情節時，眼中依然閃閃發亮，似有淚光。

我剛到香港就職時，便看見由香港大學所做的問卷調查，詢問香港人最喜歡哪個國家的人？第一名當然是香港人自己，第二名竟然是台灣。

半年之後，我看見新的調查結果，香港人退居第二，台灣人拔得頭籌。

看見這樣的結果，我的心中是激動的，激動中也質問自己：我們真的有這麼好嗎？我們到底好在哪裡？

看見張潮說的，行善不可不癡，我想，台灣人真的是有點癡心，也有些善意的。癡，就是執迷。善，不見得是做出顯著偉大的善事，而是一點善意，也就夠了。

每次講到做善事，有些人便會遲疑的說：「因為我沒什麼能力，所以沒辦法做什麼善事啊。」

所謂行善的「能力」，不是金錢就是時間，若能兩者兼備，當然更理想，

肯定是做善事的最佳人選了。但是，時間與金錢都不夠的人，難道就沒有做善事的資格嗎？

劉備曾經留給兒子劉禪這樣兩句話：「勿以惡小而為之，勿以善小而不為。」不見得一定要有什麼具體的善行，只要是對這個世界懷抱著小小的善意，那也就夠了。

懷抱善意的人，總能擁有比較好的心境，包容力強，就算是受傷或被欺騙，也能恢復得很好。

懷抱善意的人，不求回報，因為付出本身就是一種滿足，何必再有其他的要求？

懷抱善意的人，既不會虧待別人，也一定也會善待自己，這樣的世界多麼和諧？

多年前我和一位長輩走在一起，我們等紅燈時，有個雙腳殘障的盲眼人搖動著他的鐵杯，零星的幾枚零錢發出空洞的聲響。我想起聽人說過這個街口的

殘乞是偽裝的，不知道究竟是不是他？身邊的長輩毫不遲疑的掏出零錢，放進鐵杯中。綠燈亮起，我們越過馬路，我忍不住問：「如果他不是行乞，而是行騙呢？」

長輩微笑著說：「我知道妳的意思。不管他是行乞還是行騙，我不想因為這樣而丟失了同情心。」

台北捷運發生「五二一」重大事故，重重的擊碎了許多人的心，恐慌的氣氛急遽漫延。我們可以選擇不去想也不去談，也可以選擇認真的面對，做為一個老師，我無可逃避，這是一次珍貴的生命教育。

於是，在小學堂少年班的課堂上，我決定和十三、四歲的國中生談論這件事，我在黑板上寫了填充練習，□□陌生人，讓他們填寫。他們將心中的答案說出來：「遠離」、「觀察」、「小心」、「可悲」、「害怕」等等，我知道，這是他們真實的感受。

「真的是很不舒服，對吧？」我問。

孩子們點點頭，有人甚至嘆了一口氣。

「如果繼續下去，我們遠離陌生人，小心的觀察陌生人，害怕陌生人，然後變成了可悲的陌生人。」我把他們拋出的詞彙連綴起來。

「怎麼會這樣？」他們驚奇的看著自己的選擇演變成這樣的結果。

「改變一下吧？」我將那些選項擦掉，將兩個字填進空格裡：「幫助」。

不必完全相信陌生人；不必將自己交託給陌生人，但是，至少我們可以幫助陌生人。而當我們有需要的時候，陌生人也會伸出援手，這樣就夠了，這樣就很美好了。哪怕是在恐慌或低落的時刻，也不能丟失了善意與信心。

我會一直記住這些時刻，就像是落進鐵杯的零錢；陪陌生人走一段路，行善，不可不癡。

潮語錄

關於 ｜ 相片 ｜ 朋友 ｜ 更多

張潮曰：何謂善人？無損於世者則謂之善人。何謂惡人？有害於世者則謂之惡人。

江含徵曰：尚有有害於世，而反邀善人之譽。此實為好利而顯為名高者，則又惡人之尤。

阿曼曰：實為惡人而邀善人之譽者，亦不少見。

分享　　1879 個人都說讚

春天的微笑

我願他們來到這裡，帶走的是一些信念、溫暖和勇氣。

律己宜帶秋氣，處世宜帶春氣。

管束自己要帶點秋天的凌厲之氣，與人相處則帶有春天的和煦之氣。

秋天與春天都是不冷不熱的氣候，然而一陣風吹來，卻有著絕不相同的感受。春天的風是潮濕的，涼中有暖意；秋天的風是乾燥的，暖中帶寒涼。春風拂過，花都開放了；秋風掃過，葉都枯落了。

張潮在自律這件事上選擇了秋天，在待人處世時，則選擇了春天，回想我自己，似乎也在實踐著這樣的人生。

有時去學校演講，老師們希望我跟學生分享自己的「奮鬥歷程」，我覺得有點為難。生長在一個衣食無虞，沒有戰亂的年代裡，實在沒什麼「奮鬥」的事蹟，頂多是「覺悟」而已。

我的少年時期，是個慣性逃避的問題學生，上課不吵不鬧，也不蹺課逃學，更不參加幫派，但是老師交代的作業，總是無法完成。因為我覺得自己沒能力完成，根本連試都不想試，就放棄了。

數學老師清點作業的時候，唸到我的名字，英文老師清點作業也唸我的名字，漸漸的，每位老師清點作業都唸我的名字。我的名字等同於「缺交者」，繳交作業這件事與我再無關連。

直到五專時的一位國文老師，在課堂上公開的稱讚了我的作文，那篇作文其實是個短篇小故事，我只是把自己私下的創作當成作文，交差了事。但是，受到注意和肯定，讓我的生命添了些光亮，我覺得自己應該認真一點，再認真一點。每當我努力就會有回報，於是覺悟了，自己其實也可以做好。

國文老師濃濃的口音很難辨識，同學聽不懂就來問我，為了解答，也為了真正明白那些文言文，我走上了自學之路，到處尋找解釋和翻譯，再講給同學聽。我的國文課規模愈來愈大，而且還發展出我的歷史課、近代史課，嚴格說起來，我的教師生涯是從那時候開始的，那一年，我十八歲。

當我成為一個寫作者，在創作與截稿之間，發展出嚴格的自律。

在手寫稿的年代，寫在稿紙上的字體務求工整，如果出現了錯字，便整張廢棄，從頭再來。有時候一張六百字稿紙已經寫到了五百多字，依然丟棄，再謄一次。「為什麼這麼嚴格？」有位出版社編輯問過我：「塗改一下就好了，沒有人介意的。」

我知道沒有人介意，但我會介意，我想用這樣的方式提醒自己，每寫一個字都仔細思考，謹慎下筆。

我曾和一群年輕的寫作者一起完成一本書，主題設定之後，約好了交稿日期，我便在教書、廣播、採訪、演講等等行程中奔波著，但是，終究能在約定的期限裡，完成一篇小說。

延遲沒有交稿，甚至神隱找不到蹤影的，是比我年輕許多的寫手。不管什麼方式都找不到人，整整拖延了一個月，我們最後只得放棄等待。這樣一來，作業程序大亂，令大家都很苦惱。

過了一段時日，年輕寫手坐在我面前哽咽：「我真的很想好好寫作，但是我沒辦法，我一直在想，到底為什麼呢？他說過會永遠愛我的，為什麼說不愛就不愛了？」

我默默的，一句話也沒說，抽了一張面紙遞給她。

她問我：「如果妳遇見我這樣的事，還能寫嗎？」

「能。」我說：「答應別人要交稿，我一定會完成。」

「但是，我真的很痛苦啊！」她說。

「我瞭解這種痛苦。我會在痛苦中寫稿。」我聽見自己這麼說，聲音聽起來竟是如此冷酷。對待自己，原來，我一直都很冷酷。

這麼多年的創作之中，當然會有低潮與沮喪；失戀或失敗；遭遇打擊或創傷；被深深愛過的人離棄與背叛，還有身體上的病痛等等，但，這一切都不能成為我遁逃的藉口或理由。

我的意志力押解著自己，一格一格的把文字填進去，還能冷靜的判別，哪些文字不夠精準；哪些感覺不夠深刻，刪了又改，一次再一次的，直到完成一篇自己覺得滿意的作品，才肯休息，才容許自己沉浸在悲傷或自憐的情緒中。

我是自己最嚴格的訓練師，沒有藉口，不准逃避。

或許因為這樣，直到現在依然有讀者閱讀著我的文字；或許因為這樣，那麼多家長願意將孩子送到小學堂，放心的把他們最珍愛的交託給我。

我對自己是嚴格的，像是帶著金屬之聲，兵器之寒的秋天。

但是，我當然不會用這樣的肅殺之氣，與人相處。

我常覺得茫茫人海中，與我們相遇的人，都很難得，都該珍視善待。因此，我願意傾聽學生談話，而不是否定或糾正他們；我願意身邊的工作夥伴都能更上層樓，而不是壓抑或猜忌他們。我在簽書會工整寫下自己的名字，並且對讀者說：「謝謝。」衷心感謝他們願意來這裡；願意成為我的讀者；願意排隊等待我的簽名。

很多人都以為大學是知識的殿堂，這殿堂裡的傾軋與鬥爭，有時卻也異常激烈。我一直努力著，不讓自己捲進一場一場風暴中，不肯選邊站的下場，無可避免的成為異端。然而一旦成為異端，也就不肯向任何陣營投誠了。

大人們的鬥爭，常喜歡糾集學生，樹立派別，在我看來，是完全沒有必要的。我有不同的意見，自己提出；覺得某些決策對學生不公平，我會為他們去爭取，從來不把學生推上火線，因為他們都是孩子。如果我算是一個合格的大人，就該保護孩子。

這是我的信念，哪怕招致軟弱的訕笑，也不妥協。

這麼多年過去了，有時會遇見畢業多年的學生，他們告訴我，曾經在課堂上聽我說過的一句話，或是我對他們的一點鼓勵與肯定，讓他們的想法和人生有了不同的改變。這樣的聲音，宛如天籟。

和我一起工作的夥伴，都是經過我的邀請而來的，因此，就某種層面來說，我也算是他們的知音，工作氣氛自然是愉快的。

那一次，外派到香港去工作，進入了公家機關，全都是陌生的同事，並且，他們的工作資歷與經驗，都比我強很多，該怎麼成為一個主管，確實是個難題。

如果不能選擇同事，就去瞭解他們吧。我花了一些時間，摸索著他們的個性與才能，而後找到了兩個方法：「尊重」與「信任」。

當他們向我報告工作進度時，我一定請他們坐下來慢慢說，剛開始他們不太適應，漸漸的明白了我的善意。當我把事情慎重交託，他們都願意戮力以赴，而我也毫不吝惜的給予讚美和掌聲。

直到現在，雖然已經分離了兩年，我們依然是彼此想念的朋友。常常，我們回想著一起打拚，一起熬夜，一起面對嚴苛的挑戰，想到的都是笑聲。

在台灣或是馬、新、港、大陸演講，還有那麼多讀者願意聆聽，我總感覺到自己離奇的幸運，因此，滿懷感激的分享我對生活的理解，慎重虔誠的在書上簽下自己的名字，我願他們來到這裡，帶走的是一些信念、溫暖與勇氣。

當我願意讓自己像春風那樣的吹過，我的獲得其實更多，我看見冰雪融化成甘泉；我看見土地長出綠草；我看見無數的花朵綻放，我看見的是生生不息的美好。

潮語錄

關於 | 相片 | 朋友 | 更多

張潮曰：天下無書則已，有則必當讀。無酒則已，有則必當飲。無名山則已，有則必當遊。無花月則已，有則必當賞玩。無才子佳人則已，有則必當愛慕憐惜。

弟 **弟木山曰：**談何容易？即我家黃山，幾能得一到耶？

阿曼曰：夫復何求？人生如此，當無憾矣。

分享　1923 個人都說讚